हिन्द पॉकेट बुक्स

दस्तक

राजेन्द्र सिंह 'बेदी' हिन्दी और उर्दू के सफल उपन्यासकार, निर्देशक, पटकथा लेखक और नाटककार थे। इनका जन्म 1 सितम्बर 1915 को सियालकोट, पंजाब, ब्रिटिश भारत में हुआ था। यह पहले अखिल भारतीय प्रगतिशील लेखक संघ के उर्दू लेखक थे। जो बाद में हिन्दी फिल्म निर्देशक, पटकथा लेखक, संवाद लेखक बन गए। यह पटकथा और संवाद में हृषिकेश मुखर्जी की फिल्म *अभिमान, अनुपमा* और *सत्यकाम* और बिमल रॉय की *मधुमती* के कारण जाने जाते हैं। इनका *एक चादर मैली सी* बहुचर्चित उपन्यास है, जिस पर फिल्म का निर्माण भी हुआ।

दस्तक

राजेन्द्र सिंह 'बेदी'

हिन्द पॉकेट बुक्स
पेंगुइन रैंडम हाउस इम्प्रिंट

हिन्द पॉकेट बुक्स

यूएसए। कनाडा। यूके। आयरलैंड। ऑस्ट्रेलिया। सिंगापुर
न्यू ज़ीलैंड। भारत। दक्षिण अफ़्रीका। चीन

हिन्द पॉकेट बुक्स, पेंगुइन रैंडम हाउस ग्रुप ऑफ़ कम्पनीज़ का हिस्सा है,
जिसका पता global.penguinrandomhouse.com पर मिलेगा

पेंगुइन रैंडम हाउस इंडिया प्रा. लि.,
चौथी मंजिल, कैपिटल टावर -1, एम जी रोड,
गुड़गांव 122 002, हरियाणा, भारत

पेंगुइन
रैंडम हाउस
इंडिया

प्रथम संस्करण हिन्द पॉकेट बुक्स द्वारा 1981 में प्रकाशित
यह संस्करण पेंगुइन रैंडम हाउस द्वारा 2022 में प्रकाशित

10 9 8 7 6 5 4 3 2

ISBN 9789353490768

मुद्रकः रेप्रो इंडिया लिमिटेड

www.penguin.co.in

FSC
www.fsc.org
MIX
Paper from responsible sources
FSC® C047271

This is a legitimate digitally printed version of the book and therefore might not have certain extra finishing on the cover.

पात्र

पुरुष

संजीव कुमार	:	हमीद
अनवर हुसेन	:	मसाहिब अली पानवाला
मनमोहन कृष्ण	:	शाहिद मियां
जगदेव	:	शामलदास
जानी व्हिस्की	:	अमजद हुसैन
यश कुमार	:	सदानन्द
देव किशन	:	मिर्ज़ा
सोनी	:	बनवारी
आत्म प्रकाश	:	मुकुन्दी
निरंजन शर्मा	:	ताजदार खां
कृपलानी	:	कृपलानी (कार्पोरेशन का आफिसर)
यादव, शकील प्रिंस	:	शाहिद मियां के लड़के
कमल कपूर	:	सेठ बृजभूषण

स्त्री

रेहाना सुल्तान	:	सलमा
शकीला बानो भोपाली	:	शमशाद बेगम
भानुमती	:	सुगरा
अंजु महेन्द्र	:	मारिया
शाह गुल, माह गुल	:	बिल्डिंग की औरतें

गीत	:	मजरूह सुल्तानपुरी
संगीत	:	मदन मोहन
कैमरा मैन	:	कमल बोस
कला	:	सुधेन्दु राय
संकलन	:	हृषिकेश मुखर्जी

निर्माता-दिग्दर्शक
राजेन्द्रसिंह बेदी

सह-दिग्दर्शक
जगदीश सिरदाना

सहायक दिग्दर्शन
राज आहुजा
शकील चन्द्र
सरदार बसरा
मक्खन सिंह

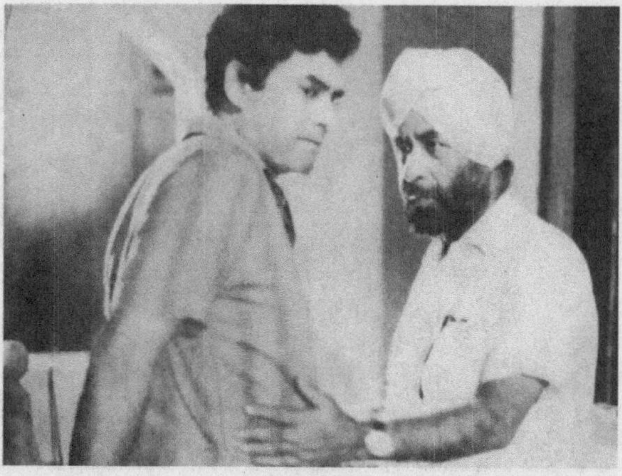

नायक संजीवकुमार और दिग्दर्शक राजेन्द्रसिंह बेदी

नायिका रेहाना सुल्तान और दिग्दर्शक राजेन्द्रसिंह बेदी

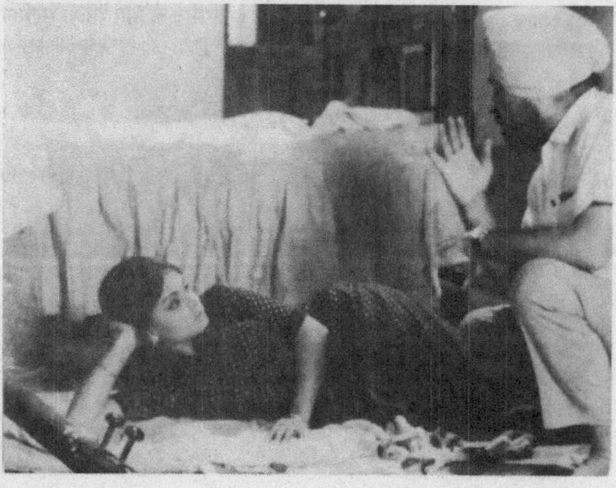

राजेन्द्रसिंह बेदी, रेहाना सुल्तान, शकीला बानो भोपाली

राजेन्द्रसिंह बेदी और रेहाना सुल्तान

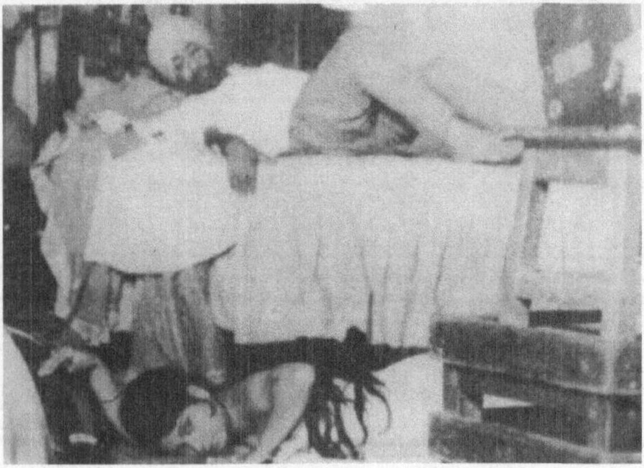

दस्तक

1

बम्बई नगर (गली) : दिन

[बम्बई महानगर का मध्यवर्ती क्षेत्र, जहां बम्बई का प्रसिद्ध रेलवे स्टेशन बम्बई सेंट्रल है, स्टेशन के आसपास शहर की मशीनी ज़िन्दगी की प्रतीक सड़कें, जिन्हें हमेशा कारों, लारियों से भरा ही देखा जाता है। इन्हीं सड़कों में से एक सड़क स्टेशन से पूर्व दिशा में जाती है। एक गली इस सड़क में से निकल काफी अन्दर तक चली जाती है। गली में एक पान की दुकान है। पानवाला बैठा पान लगा रहा है और ग्राहक से बातें भी कर रहा है। अचानक उसकी नज़र सड़क पर जाती है। वह एक पल को रुककर देखता है और उठकर उस जगह जाता है। हमीद हाथगाड़ी पर सामान लदवाए चला आ रहा है। वह एक बिल्डिंग के सामने, जो पान की दुकान के ठीक सामने है, हाथगाड़ी रोक लेता है और सामान उतारता है]

पानवाला : (हमीद के पास पहुंचकर) अहा-हा-हा! अरे सरकार, सामान आय गया?

हमीद : हां, मरातिब मियां! आपकी मेहरबानी का क्या कहूं। वर्ना बम्बई में मकान···

मरातिब : (बात काटकर) सरकार, हम सबकी रोज़ी-रोटी का सम्यान वही करता है···अरे सरकार, यह क्या है? —तम्बूरा? अरे सुबहान अल्लाह! ···

[हमीद सामान लेकर ऊपर बिल्डिग में जाता है। बिल्डिग पर संगमरमर की प्लेट लगी है, जिसपर लिखा है—

यह्या मंज़िल

मरातिब की खुशी का ठिकाना नहीं। वह भागकर पान की दूकान पर जाता है और कूदकर बैठता है। चूने के लोटे को डंडी से बजाता है। लगता है, अब उसका सारा काम संगीत पर ही होगा। वह गा उठता है—]

हो जानी जुलुम करे गाल का गोदनवां ना ···!

2

घर (बैठक) : *दिन*

[हमीद घर के दरवाज़े पर पहुंचकर अपनी बीवी सलमा को आवाज़ देता है, जो बैठक में कुछ कर रही होती है। वह पलटकर जवाब देती है]

हमीद : सलमा !

सलमा : तुम आ गए—सामान भी आ गया ?

हमीद : (सामान उतारते हुए) ज़रा हाथ तो देना !

[हमीद के हाथ से सलमा तम्बूरा थाम लेती है और चूमकर एक तरफ रखती है। हमीद सब उतारने के बाद एक नज़र घर की दीवारों पर डालता है और फिर पास ही एक कुर्सी देखकर बैठ जाता है। मगर कुर्सी से वह गिरते-गिरते बचता है, फिर संभलकर बैठता है]

हमीद : अच्छा-भला आदमी होता है, शादी के बाद गधा बन जाता है।

सलमा : (पल्लू से उसका माथा पोंछते हुए) मैं वारी, अपने मुंह से अपनी तारीफ नहीं करते !

[हमीद सलमा से बातों में बेवकूफ बन जाता है। सलमा हंसती है। हमीद कुर्सी से उठकर अलग खड़ा होता है। सलमा उसकी शेरवानी का बटन खोलती है और उतारकर उसे खूंटी पर टांग देती है]

हमीद : चलो, आखिर मिल ही गया मकान⋯

सलमा : हां, जैसा-तैसा भी है, कहीं सर छुपाने को जगह तो मिली !

हमीद : मैं तो कहता हूं, खुदा भला करे उस पनवाड़ी मरातिब का, न सिर्फ मकान बल्कि सामान, साथ में—पलंग भी दे दिया⋯। हमारे ससुर से तो यही अच्छा है, (सलमा शरमा जाती है और उसके सीने पर धप्पा मारकर परे हो जाती है) तुम्हें देखते ही चाबियां हाथ में थमा दीं।

सलमा : तरस आ गया न बेचारे को। भले आदमी क्या दुनिया में

नहीं होते? (हमीद के पास आ जाती है)

हमीद : होते हैं, भले होते हैं, और बुरे भी होते हैं! वह झोंपड़ पट्टी और फिर वह चूना भट्टी, कहां-कहां झक मारी है! (हाथ पकड़ते हुए) जब से शादी हुई है, तब से हाथ भी तो नहीं थाम सके···

सलमा : (हाथ खींचकर) सिर्फ हाथ, बस···!

[हमीद सलमा की तरफ देखता है और उसे लिपटा लेता है। भींचता ही है कि सलमा को बाहर के दरवाज़े से एक बुढ़िया देखते हुए जाती दिखती है। सलमा झटके से अलग हो जाती है]

सलमा : उई अल्लाह!

घर (बेडरूम)

[और अन्दर बेडरूम में भाग जाती है। हमीद बाहर का दरवाज़ा बन्द करता है। खुद भी बेडरूम में जाता है। सलमा पलंग के दूसरे किनारे पर खड़ी है और हमीद को देखकर शरारती अन्दाज़ में हंसने लगती है]

हमीद : तू इस पलंग को चीन की दीवार समझ रही है?

सलमा : हूं···

[हमीद उसे पकड़ने की कोशिश करता है। सलमा पलंग के गिर्द भागकर खुद को बचाती है। हमीद उसे पलंग पर बीच में गिरकर पकड़ ही लेता कि वह फिर भाग जाती है]

सलमा : देखो जी, तुम अपना काम करो।

हमीद : अब और क्या काम रह गया है···?

[सलमा फिर भागती है। हमीद की पकड़ में जब वह नहीं

आती तो वह बहाने से ठोकर लगकर गिरने का अभिनय करता है। सलमा सच समझती है और उसके पास भागकर आती है।

सलमा : मैं मर गई, क्या हुआ?

[हमीद उसे मौका पाकर बांहों में भर लेता है]

हमीद : अब बोलो?

सलमा : छोड़ दो, मुझे छोड़ दो। यह तो रोना हो गया!

हमीद : तुम जो उधर से जुल देकर भाग आईं, उस वक्त रोना नहीं था?—बहुत रो लिया सलमा जानी, अब तो रोने का नाम ही मत लो। (सलमा को गर्दन पे चूम लेता है)

सलमा : (अचानक उठते हुए) हाय अल्लाह! पहले घर की सफाई तो कर लें। जानवर भी जहां बैठता है, जगह साफ करके बैठता है।

हमीद : (उठते हुए) जानवर के तो दुम होती है!

[सलमा लाजवाब होकर इधर-उधर देखती है। पास ही झाड़ू पड़ा है। वह उठाकर उसे हमीद को देती है। हमीद झाड़ू पकड़े हुए खासा उल्लू दिखाई देता है]

हमीद : तुम?

सलमा : भलेमानुस हो के बैठक साफ करो। मैं करती हूं यह सोने का कमरा—जाओ! (धकेलते हुए) जाओ न!

हमीद : (मुंह बनाकर) ठीक है। (बैठक की ओर चला जाता है)

घर (बैठक)

[हमीद बैठक में सफाई कर रहा है और सलमा बेडरूम में। अचानक सलमा बेडरूम से बैठक में एक बोरी लिए हुए आती

है। उसके एक पांव की सलवार ऊपर तक चढ़ी है]

सलमा : अरे देखो तो, इस घर में हमसे पहले रहने वाले क्या-क्या कूड़ा-कबाड़ छोड़ गए हैं?

[हमीद बैठक के अधछते पर से सीढ़ियों से उतरता है। कूदकर बोरी देखता है। अचानक उसकी नज़र सलमा की नंगी टांगों पर जाती है। वह कभी बोरी में हाथ डालता है, कभी उसकी टांगों को देखता है]

हमीद : वेणी! यह हमसे पहले रहने वाली पहनती होंगी।

[और फिर टांगों को देखता है। सलमा उसे अपनी टांगों को देखते हुए देख लेती है और उसकी शरारत समझ जाती है। वह टांगों पर सलवार गिराती है और उसके कंधे पर हाथ मारती है। हमीद बोरी पर तबला बजाकर गाता है]

सलमा : लुच्चे कहीं के! (बेडरूम में चली जाती है)

हमीद : किसीकी खाक में मिलती जवानी देखते जाना —
ड-डा-डा-डा, ड-डा-डा-डा, देखते जाना!···

[और खुद भी चला जाता है—सलमा पलंग पर बिस्तर बिछाकर उसपर चादर की सलवटें निकाल रही है। वह अब बिस्तर पर एक भी सलवट नहीं रहने देना चाहती]

घर (बेडरूम)

[अचानक उसे हमीद गाते हुए बेडरूम में आता दिखाई देता है। उसके हाथ में एक खाली तोते का पिंजड़ा है]

हमीद : तोता हमारा मर गया, क्या बोलता हुआ···! (पास पहुंचकर) देखो जानी, हमसे पहले जो यहां रहते थे उन्हें मिट्ठू पालने का शौक था।

सलमा : (पलंग से उतरकर) वो तो मुझे भी है!

हमीद : (शरारत समझकर) अच्छा? (सलमा हंसती है) मैंने तो इसमें मैना पाली है!

[दोनों पिंजड़े को सहारा देकर खड़े हो जाते हैं। एक इस तरफ है तो दूसरा उस तरफ। दोनों एक-दूसरे को पिंजड़े में से देखते हैं]

सलमा : कहां?—मुझे तो इसमें मिट्ठू ही दिखाई देता है!

[पिंजड़ा लेकर पलंग के पास जाती है और हंसती है]

सलमा : पढ़ो मिट्ठू, हक अल्लाहू—पाकज़ात अल्लाहू, सही तो खुदा, खुदा का रसूल, तू गाफिल न हो, खुदा को न भूल। (मोहक भाव से) ऐ पढ़ो तो पढ़ो, नहीं तो मेरा पिंजड़ा खाली करो!

[और पिंजड़े को लिए दोनों हंसते हुए पलंग पर बैठ जाते हैं। हमीद भी अचानक बिस्तर पर पड़ी सलवटों को मिटाने लगता है—सलमा देखकर शरमा जाती है]

3

घर (बैठक) : *दिन*

[बैठक में हमीद एक फोटो के पास दूसरा फोटो लटकाने के लिए कील ठोंक रहा है। सलमा अन्दर बेडरूम से घबराई हुई आती है]

सलमा : ऐ सुनते हो! ज़रा देखो तो! ज़रा इधर तो आओ (उसे हाथ पकड़कर घसीटती है कि अचानक उसकी नज़र फोटो पर

जाती है)

सलमा : किसकी तस्वीर है यह?

हमीद : खुदा जाने! —यहां कूड़े में से मिली है!

सलमा : (फोटो छीनते हुए) मैं इसे अब्बा जानी की फोटो के साथ नहीं टांगने दूंगी!

हमीद : (उसका हाथ पकड़कर) अरे रे! क्या कर रही हो! यहां जो रहते होंगे, न जाने कितना प्यारा होगा उनका!

सलमा : प्यारा होता तो कूड़े में फेंक जाते?—अरे हमसे पहले यहां के रहने वाले—देखो तो क्या मुसीबत है अन्दर?

घर (रसोई)

[सलमा हमीद का हाथ पकड़कर रसोई में ले जाती है। एक ताक में एक चिराग रखा है। वहां आकर रुक जाती है]

सलमा : ज़रूर किसीका साया होगा यहां। जिसका दीया जलाते होंगे हमसे पहले यहां के रहने वाले! मैं तो ऐसे मकान···!

हमीद : क्या ऐसे मकान! क्या-क्या मुसीबतें देखने के बाद तो यह दो कमरे मिले हैं। अब न ढूंढ़ा गया मुझसे कोई दूसरा मकान। (और सलमा से हाथ छुड़ाकर परे हो जाता है)

सलमा : (हमीद के पास आकर) कहीं तुम्हारे दुश्मनों के साथ कोई साया-आसेब[1] की बात हो गई तो मैं क्या करूंगी, कहां जाऊंगी!—कितनी दुआओं-मन्नतों के बाद तो तुम्हें लिया है। लाडी! (हमीद के सीने पर सर रख देती है। हमीद उसकी ठोढ़ी पकड़कर मुंह ऊपर करता है)

हमीद : बात तो यूं कर रही हो जैसे बेटा लिया हो!

---

1. जादू-टोना

[सलमा उससे अलग होकर परे खड़ी हो जाती है]

सलमा : हां। अपना वह बेटा होता है और बाप भी होता है !

हमीद : कब मांगी थीं ये दुआएं ?

सलमा : जब कुंआरी थी (उसके पास आती है) हर कुंआरी कोई न कोई दुआ मांगती है। किसीकी कुबूल हो जाती है, किसीकी नहीं होती। ···मेरी हो गई ! (और हमीद से लिपट जाती है)

4

घर (*बेडरूम*) *: रात*

[हमीद बिस्तर पर लेटा है। सलमा आईने के के सामने सिंगार कर रही है। हमीद मसहरी के पाये को पकड़ थोड़ा उठता है और सलमा की तरफ देखता है]

हमीद : अरे भई ! अब कितनी देर है ?

सलमा : (सिंगार करते हुए) उई अल्लाह! अब ऐसी भी क्या बेसब्री ! सहज पके, सो मीठा होय ! (और मुस्कराती है)

हमीद : (व्याकुलता से) सहज! ऐसा सहज, मालूम होता है हांडी को चूल्हे पे रखकर आप कलकत्ते चली गई हैं।

[सलमा उसके पास आती है कि उसके पांव को फर्श पर पड़ा हुआ एक घुंघरू लगता है। वह देखती और उठाती है। बाहर से गानों की आवाज़ें आ रही हैं]

सलमा : अरे घुंघरू ? ···यह आवाज़ ? (हमीद की तरफ प्रश्नवाचक दृष्टि से देखती है) कैसा इलाका है यह ?

[गाने की आवाज़ निरन्तर आती रहती है].

बहियां ना धरो ओ बलमा˙˙˙ !

हमीद : (उसका हाथ पकड़कर पलंग पर घसीटता है) यह मुहल्ला शरीफ लोगों का है। गानेवालियां रहती हैं, लेकिन गली दो गली दूर—

[सलमा को हमीद ने भींच रखा है, मगर गाने की आवाज़ें उसे परेशान कर रही हैं]

सलमा : (उठकर) ऐ सुनो ! —सुनो तो—(बाहर गलीं की तरफ देखती है) यह जो गा रही है न, मेरे अब्बा इसकी बन्दिश यूं करते हैं। (और पूरा गाना गाकर सुनाती है)

गाना—

बहियां ना धरो ओ बलमा
ना करो मो से रार
ढलेगी चुनरिया तन से
हंसेंगी रे चुड़ियां छन से,
मचेगी झनकार,—बहियां ना धरो˙˙˙ !
मोहे छोड़ो हाय सजना,
दिया सीस उठाये सजना,
रहा मोहे निहार,—बहियां ना धरो˙˙ !
मैं तो आप बहकी-बहकी,
चलूं जैसे महकी-महकी,
चमेलिया की डार,—बहियां ना धरो˙˙ !

[गाने की आवाज़ सुनकर गली-मुहल्ले के लोग कमरे की तरफ देखते हैं। सामने की खिड़की से नौजवान लड़का गाने के साथ-

साथ थिरकता है। नीचे पानवाला खुश हो जाता है। और अपने दोस्त से विचार-विमर्श करता है]

मरातिब : यार! लगती तो है गानेवाली!

[बिल्डिंग की औरतें वगैरह भी देखती हैं कि उनके पड़ोस में एक गानेवाली लड़की आ गई।—गाना खत्म होते ही हमीद आत्मविभोर होकर उसका पांव छूता है। सलमा उठकर बैठ जाती है]

सलमा : यह क्या?

हमीद : यह सलाम तुमको नहीं, संगीत को है सलमा! ···कुछ ही देर पहले मैं एक जानवर था। तुमने इन्सान बना दिया। हम शायद घटिया बातें उसी वक्त करते हैं जब बढ़िया से गिर जाते हैं।

[सलमा भावुक होकर उसका चेहरा दोनों हाथों में ले लेती है]

सलमा : मैं गाऊंगी—हमेशा गाऊंगी···तुम्हारे लिए···!

[दोनों एक-दूसरे के बाज़ुओं में होकर लेट जाते हैं—कि अचानक दरवाज़े पर दस्तक होती है। दोनो चौंककर उठ बैठते हैं]

सलमा : यह कौन हुआ भला? इतनी रात गए!

[हमीद पलंग से उठकर जाता है और दरवाज़ा खोलता है]

घर (बैठक)

[बाहर एक नौजवान खड़ा है, जो पिए हुए है।

हमीद : आप?

आदमी : जी मैं! ···

हमीद : आप कहीं मालिक मकान के बेटे तो नहीं?

आदमी : (बैठक में आकर) जी। बेटा ज़रूर हूं, लेकिन मालिक

मकान का नहीं!

हमीद : जी?

आदमी : (हमीद को हटाकर देखते हुए) यहां एक सोफा पड़ा था, कहां गया?

हमीद : माफ कीजिए, मैं आपका मतलब नहीं समझ सका! —और न ही इतनी रात गए यहां आने का मुद्दआ ही जान सका हूं!—कौन हैं आप? कहां से आए हैं? किससे मिलना चाहते हैं?

आदमी : खुदा के लिए! एक सवाल, एक वक्त में एक ही सवाल! यही तो ज़ुल्म होता है न मेरे साथ! घर, बाहर हर एक जगह यही ज़ुल्म होता है। लोग एकसाथ में बीसियों सवाल पूछते हैं मुझसे! (रोने के अन्दाज़ में) (और पास पड़ी हुई कुर्सी पर बैठकर) आप पूछते थे मेरा नाम क्या है? मेरा नाम अमजद हुसैन है, लेकिन यहां के सभी लोग मुझे सैयां के नाम से ही पुकारते हैं—शमशाद बेगम भी मुझे सैयां के ही नाम से पुकारती है।

[सलमा बेडरूम से आए हुए आदमी की बातें दरवाज़ के पीछे खड़ी होकर सुनती है]

हमीद : शमशाद! कौन शमशाद?

अमजद : हद हो गई, शमशाद बेगम के यहां रहते हो और शमशाद को नहीं जानते! ···शादो, मैं तुम्हारा सैयां···शादो···

[और अन्दर बेडरूम की तरफ जाने लगता है। हमीद उसे रोक लेता है]

हमीद: यहां पर अब कोई शादो-शमशाद नहीं रहती हज़रत! अगर होगी भी तो अब वह गई। अब यहां गृहस्थी लोग आ गए हैं। आप जाइए यहां से!

अमजद : मुझसे झूठ न बोलिए! मैं गरीब आदमी हूं। (हमीद की

ठोढ़ी को हाथ लगाता है। हमीद उसे झटक देता है) महीने में सिर्फ एक बार आता हूं, जब मेरे घर से मनीआर्डर आता है।

हमीद : आप अपनी बकवास बन्द कीजिए और चले जाइए यहां से। वर्ना मैं शोर मचा दूंगा!

अमजद : शोर मचाओगे! लोगों को इकट्ठा करोगे! तुम इन लोगों को नहीं जानते। इन लोगों का कुछ नहीं जाता। ये लोग दस तुमको सुनाएंगे और बीस मुझे, ये लोग···।

[सलमा अन्दर से आती है और बिगड़ जाती है]

सलमा : कौन हैं आप? शर्म नहीं आती कि इतनी रात गए किसी शरीफ आदमी के घर में घुस आए हैं और ऊपर से शोर मचा रहे हैं—क्या मैं शमशाद हूं?

अमजद : नहीं! (एकदम बदलकर) हां, मगर इतनी दुबली क्यों हो गईं शमशाद!

हमीद : (सलमा से) तुम अन्दर जाओ जी! (अजमद से) निकलो यहां से! (और अमजद को धक्का देता है। वह दीवार से टकरा जाता है)

अमजद : मेरा चश्मा! (संभलकर) शादो! —ओ शादो, मुझे इस गुण्डे से बचाओ। क्या तुम मेरे लिए नहीं गाओगी! —"सैयां तेरी गोदी में गेंदा बन जाऊंगी।"

[हमीद उसे मारता हुआ दरवाज़े से बाहर ढकेल देता है, और उसके ज़्यादा शोर मचाने पर सीढ़ियों से नीचे ढकेल देता है। सलमा दरवाज़े में खड़ी होकर मना करती है]

सलमा : ऐ बस करो—मार ही डालोगे क्या?

[इस झगड़े को गली-मुहल्ले के लोग और आस-पड़ोस की

औरतें भी झांककर देखती हैं। हमीद दरवाज़ा बन्द करके बेडरूम की तरफ जाता है]

गली

[अमजद सीढ़ियों के पास गली में पड़ा है। लोगों की भीड़ जमा है]

एक : अरे फिर यह हंगामा शुरू हो गया!

दूसरा : अब कौन आ गई?

तीसरा : अरे भाई शमशाद गई, कोई बरबाद आ गई!

[लोग हंसते हैं। मरातिब भीड़ को देखता है और उनकी बातें सुनता है]

चौथा : इस मकान ही को बद्दुआ लगी है!

घर (*बेडरूम*)

[हमीद अमजद को ढकेलकर बेडरूम में पहुंचता है। सलमा पलंग पर डरी-सहमी, परेशान-सी बैठी है। हमीद पलंग के पास खड़ा हो जाता है]

सलमा : जाने क्या-क्या जागीरें उजड़ती रही हैं यहां! किन-किन सुहागिनों के सुहाग का मज़ाक उड़ाया गया है! मुझे तो हर चीज़ यहां की गंदगी से पटी मालूम होती है।

हमीद : (बिल्कुल पास आकर) सब धुलवा लेंगे सलमा! सफेदी करवा लेंगे!

सलमा : सफेदी कराने से क्या यहां के गुनाह भी धुल जाएंगे?

हमीद: जहां अल्लाह का नाम लेंगे, नमाज़ पढ़ेंगे, वह जगह पाक हो जाएगी।

सलमा : मगर हां, उस निगोड़ी, टकियाई[1] का होता-सोता कोई फिर आ गया तो?

हमीद : क्या बात कर रही हो!—जैसे-जैसे लोगों को पता चलता गया कि इस घर में शरीफ लोग रहने आए हैं, कोई इस तरफ मुंह भी नहीं करेगा। (हमीद पलंग पर लेट जाता है) बत्ती बुझा दो।

सलमा : तुम जो भी कह रहे हो ठीक ही अल्लाह करे! पर मेरा तो कलेजा कांप रहा है।

5

घर (बैठक) : सुबह

[हमीद सुबह दफ्तर जाने की तैयारी कर रहा है। जैसे ही वह बाहर के दरवाज़े की तरफ फाइल और खाने का डिब्बा लेकर बढ़ता है, सलमा पीछे से आवाज़ देती है। दोनों रात के झगड़े की वजह से बड़े परेशान और गम्भीर हैं]

सलमा : सुनो! — (हमीद के पास पहुंचकर उसके हाथ पर हाथ रखके) शाम को जल्दी लौट आना दफ्तर से, तुम्हें मेरी कसम लगे!

[हमीद सिर हिलाकर सलमा को 'हां' में जवाब देता है। और साथ ही साथ उसे निगाहों से तसल्ली देता है और बाहर निकलता है। सलमा दरवाज़ा बन्द कर लेती है। हमीद को

---

1. वेश्या

जब दरवाज़ा बन्द हो जाने का यकीन हो जाता है तो वह भी चल पड़ता है। हमीद के पैरों की आवाज़ जब नहीं आती तो सलमा भी दरवाज़े से हटकर कमरे में चली जाती है। उसे यकीन हो जाता है कि हमीद बिल्डिंग से निकल चुका है]

गली (पान की दूकान)

[पान की दूकान यह्या मंज़िल के ठीक सामने होने के कारण हमीद सीढ़ियों से उतरता हुआ दूकान के शीशे में दिखाई देता है। पानवाला किसी से बातें करने में लगा है]

मरातिब : अमां, कैसे-कैसे बुद्धू हैं! एक दौड़ा तो उसके पीछे दूसरा भी दौड़ पड़ा।

[हमीद दूकान पर पहुंचता है। मरातिब उससे संबोधित होता है]

मरातिब : अरे हां हुज़ूर! सलाम वालेकुम।

हमीद : (नाराज़गी से) तुम भी बड़े हज़रत हो, मरातिब मियां!

मरातिब : क्या हुआ हुज़ूर?

हमीद : जैसे कुछ जानते ही नहीं⋯कल रात का हंगामा। मकान देने से पहले यह क्यों नहीं बताया कि हमसे पहले यहां कोई तवायफ रहती थी!

[एक बुड्ढा आदमी जाते-जाते इन दोनों की बातें सुनकर दूकान के पास रुक जाता है]

मरातिब : अरे साहब! हम समझे, आपको मालूम होगा!

हमीद : एक बदमाश आदमी और शरीफ आदमी में क्या फर्क होता है यह भी नहीं मालूम?

मरातिब : अरे साहब, किसीके माथे पर थोड़े ही लिखा होता है कि

वह, वह···

हमीद : ठीक कहते हो, नहीं लिखा होता!

[हमीद चला जाता है। मरातिब बुड्ढे से बातें करने लगता है]

मरातिब : हद हो गई शराफत की, शाहिद मियां! यानी कि भलाई का ज़माना ही नहीं रहा। एक तो देखिए मकान दिया इनको···

शाहिद : जानता हूं, जानता हूं, किसलिए मकान दिया है!

[शाहिद मियां चले जाते हैं]

मरातिब : (शाहिद मियां को इशारा करके) यह लो!

6

कार्पोरेशन आफिस : दिन

[बम्बई शहर का दूसरा बड़ा स्टेशन, बम्बई वी० टी०! बाहर सामने स्टेशन के म्युनिसिपल कार्पोरेशन का आफिस, जहां हमीद नौकरी करता है।—हमीद आफिस में बड़ी उदासीनता से बैठा नज़र आ रहा है। एक टाइपिस्ट लड़की उसे दया की नज़रों से देखती है और भगवान ईशु से उसकी खैरियत की दुआ मांगती है। हमीद का दोस्त क्लर्क हमीद के पास आकर आफिसर के आने की चेतावनी देता है। आफिसर के आने पर आफिस के सभी लोग खड़े हो जाते हैं। टाइपिस्ट मारिया टाइप करते हुए गुडमार्निंग करती है।

आफिसर के साथ में एक आदमी भी है। दोनों केबिन में चले जाते हैं। केबिन के बाहर आफिसर के नाम की प्लेट लगी है : 'के० सी० कृपलानी'। आफिसर आते-आते एक क्लर्क को केबिन में आने का इशारा करता है। आफिसर कृपलानी और आया हुआ आदमी बैठ जाते हैं। क्लर्क आता है]

कृपलानी : सदानन्द! यह शामलदास का केस तुम्हारे पास है क्या ?

सदानन्द : नो सर! कांट्रेक्ट का काम तो सर, आपने हमीद को दे दिया है।

कृपलानी : तो उससे कहो, इनका फाइल तैयार करके मेरे पास भेज दे।

सदानन्द : जी ! यस सर !

शामलदास : थैंक यू कृपलानी ! थैंक यू वेरी मच !

कृपलानी : दैट्स आल राइट !

[शामलदास और सदानन्द केबिन से बाहर चले जाते हैं और हमीद की टेबल के पास जाकर सदानन्द हमीद की शामलदास से जान-पहचान कराता है]

सदानन्द : हमीद, इन्हें जानते हो? यह हैं मिस्टर शामलदास, बम्बई के मशहूर कांट्रेक्टर! (शामलदास की तरफ इशारा करता है। फिर हमीद को इशारा करके शामलदास से) और यह हैं मिस्टर हमीद, जिनके पास आपका केस है।

[शामलदास हमीद से हाथ मिलाता है, मगर हमीद उसकी इतनी कुछ ज़्यादा परवाह नहीं करता। शामलदास कुछ खीझ जाता है। टाइपिस्ट मारिया शामलदास को देखकर हंसती है]

सदानन्द : वह पुल का ठेका है न, जिसके लिए इन्होंने टेंडर दिया था···

हमीद : (लापरवाही से) हूं!

सदानन्द : उसकी फाइल मुकम्मल करके साहब के पास भेज दो।

हमीद : अच्छा!

शामलदास : अच्छा तो मैं अब चलता हूं।

सदानन्दं : (आंख मारकर) हां, आप जाइए। थैंक यू! (शामलदास चला जाता है) आज तुम्हें हो क्या गया है यार!

हमीद : कुछ नहीं सदानन्द, वह मकान···

सदानन्द : अरे हां! तुम तो बड़ी तरक्की कर गए मेरे यार! झोंपड़ पट्टी से निकलकर फ्लैट में चले गए। तो फिर आज कुछ हो जाए (हाथ से पीने का इशारा करता है)।

हमीद : हो गया! ···जिस नये मकान में हम रहने चले गए हैं वहां हमसे पहले कोई तवांयफ रहती थी।

सदानन्द : बाप रे! तब···?

हमीद : तब क्या? कल रात किसीने दरवाज़ा खटखटाया और झगड़ा हो गया उससे।—खैर, वह तो कोई बात नहीं, लेकिन अगर रोज़ इसी तरह होता रहा तो मैं किस-किससे झगड़ा करता रहूंगा! मैं तो यहां दिन-भर रहता हैं। और वह बेचारी पीछे···!

7

घर (बेडरूम) : दिन

[सलमा नहाकर नल के पास कपड़ा लपेटे पैर धो रही है। पांव धोकर बिस्तर के पास जाकर कपड़े बदलती है। सामने की खिड़की से दो लड़के ताक-झांक कर रहे हैं। वह कपड़े बदलने के बाद गले में हार डाल रही होती है कि दरवाज़े पर दस्तक होती है]

घर (बैठक)

[सलमा बैठक में आकर बाहर का दरवाज़ा खोलती है। वह समझी कि हमीद आ गया—]

सलमा : तुम आ गए!

[मगर दरवाज़े के बाहर हमीद के बजाय मरातिब पानवाला खड़ा मिलता है]

मरातिब : जी हां! —जी हां बेगम साहब, मैं हूं मरातिब अली पानवाला। कुछ बीड़े लेकर आया था आपके लिए।

[सलमा बैठक में दरवाज़े की ओट में खड़ी हो जाती है। और मरातिब दरवाज़े के बाहर खड़ा है]

सलमा : लेकिन मैं पान नहीं खाती।

मरातिब : तो आपके मियां तो ज़रूर खाते होंगे!

सलमा : जी नहीं! वह भी नहीं खाते।

मरातिब : वह भी नहीं खाते! –और आपके मेहमान!

सलमा : जी! मेहमान! मेहमान कहां! हम तो नये आए हैं

यहां···

मरातिब : अरे मेहमान आने लगेंगे!···आने लगेंगे! ···पर मुझपर बहुत ज़ुलुम हुआ है बेगम साहब। मैं तो समझा था आप तशरीफ लाई हैं तो मेरी ढोलियां की ढोलियां बिका करेंगी! ···देखिए कसम जवानी की, बहुत प्यार से बनाय के लाया हूं···हमरा दिल न तोड़िए। एक ठू पान ले लीजिए, ले लीजिए न बेगम साहब। एक ठू ले लीजिए! (सलमा दरवाज़े की ओट से हाथ बढ़ाती है)—हां अभी देता हूं। यह लीजिए, यह लीजिए न! (पान सलमा के हाथ में दे देता है) आह-आह! (और उंगलियां चूसता हुआ जाता है। सीढ़ियों पर भी वह उंगली चूसते हुए उतर रहा है)

गली

[हमीद अफिस से आ रहा है। यह्या बिल्डिंग के पास पहुंचता है। ऊपर चढ़ने को सीढ़ियों की तरफ मुड़ता है कि मरातिब को उंगली चूसते हुए उतरते देखता है। मरातिब अपनी दुकान पर चला जाता है और हमीद ऊपर घर में]

घर (*बैठक*)

[सलमा कपड़े टांग रही होती है कि दरवाज़े पर दस्तक होती है]

सलमा : (दरवाज़े के पास खड़ी होकर) कौन?

[बाहर से आवाज़ आती है] मैं हूं।

सलमा : मैं कौन?

आवाज : अरे, मैं हूं हमीद!

[सलमा दरवाज़ा खोल देती है। सामने हमीद खड़ा है। वह बैठक में दाखिल होता है]

हमीद : देखा, कितनी जल्दी आ गया !

[हमीद अन्दर आकर मेज़ पर फाइल रखता है और सलमा की तरफ मुड़कर मुस्कराता है। सलमा दरवाज़ा बन्द कर पीछे-पीछे आती है। हमीद उसके पास आता है तो उसके मुंह में पान देखता है]

हमीद : पान ! कहां से लाई ?

सलमा : वह ! वह आया था नीचे वाला मरातिब !

हमीद : क्यों आने दिया ?

सलमा : मैं समझी तुम हो ! दरवाज़ा खोला तो वह निकल आया।

हमीद : थूक दो इसे··· (चिल्लाकर) थूको !

[सलमा हमीद को बहुत ज़्यादा नाराज़ देखकर पान थूकती है और बेडरूम की तरफ भाग जाती है]

8

घर (बेडरूम) : रात

[सलमा : पलंग पर अधलेटी हालत में है, जबकि हमीद पूरी तरह लेटा है। वह सलमा की तरफ करवट लेता है]

हमीद : सो जाओ—सोती क्यों नहीं ?

[सलमा पूरी तरह लेट जाती है, मगर किसी बेचैनी से उसे नींद नहीं आती। वह जब सीढ़ियों पर किसीके चढ़ने-

उतरने की आहट सुनती है तो और भी परेशान हो जाती है। गली से गाने की आवाज़ें भी आ रही हैं। अचानक सलमा की नज़र ज़मीन पर जाती है। फर्श पर कोई चीज़ पड़ी दिखाई देती है। वह पलंग से झुककर देखती है। और उसके मुंह से चीख निकल जाती है। हमीद चौंककर उठ बैठता है]

हमीद : क्या है?

सलमा : (फर्श पर इशारा करके) कनखजूरा!

हमीद : (देखकर) अरे वेणी है—वेणी···सो जाओ···कन-खजूरा।···

[हमीद लेट जाता है]

9

घर (बैठक) : दिन

[हमीद और एक लड़का घर में सफेदी करने के बाद खड़े अपने बदन को साफ कर रहे हैं। सलमा आकर हमीद को इशारे से अपने पास बुलाती है और कान में कुछ कहती है। फिर हमीद को छोड़कर लड़के के पास धीरे-धीरे जाती है]

सलमा : भैया!

भैया : (घबराकर पलटते हुए) हां!

सलमा : काम खत्म हो गया?

भैया : ख़त्म हो गया। (और जाने लगता है।)

[सलमा और हमीद उसकी घबराहट पर हंसते हैं]

हमीद : अरे-अरे, कहां जा रहे हो?

भैया : जी, मां जी!

हमीद : (अचरज से) मां जी?

भैया : हमारी तो मां ही है मालिकं! घरों में काम करते हैं। इस बात का ख्याल न करें तो भगवान रोटी भी न दे!

हमीद : अच्छा-अच्छा, अपने पैसे तो लेते जाओ।

[हमीद भैया को पैसे देने लगता है कि सलमा उसके हाथ से पैसे ले लेती है]

सलमा : (हमीद से) एक मिनट—(भैया के पास जाकर) लो!

[भैया पैसे लेकर भाग जाता है]

हमीद : (चूना किए हुए घर की दीवारों पर एक नज़र डालकर) क्यों, ठीक हो गया न!

सलमा : हां, ठीक तो हो गया...एक बात कहूं—खफा तो नहीं होगे? (हमीद के कुर्ते का बटन बन्द करते हुए)

हमीद : उहूं! कहो...!

सलमा : मकान ज़रूर ढूंढ़ते रहना।

हमीद : (सलमा का हाथ झटककर) फिर वही बात! बम्बई में मकान मिलना कोई खाला जी का बाड़ा है? ये नोटों की गड्डियां देनी पड़ती हैं! (सलमा से परे जाता है)

सलमा : मकान न सही, कोई छोटा-मोटा झोंपड़ा ही सही! (और हमीद के करीब जाती है)

हमीद : (व्यंग्य से) झोंपड़ा?—इतने दिन जो झोंपड़ों में झक मारी, अभी तक पेट नहीं भरा? (अचानक भाव बदलकर)—तुम यूंही घबरा रही हो सलमा जानी, इतने दिन हो गए,

किसीने हमारा दरवाज़ा खटखटाया, कोई भी यहां आया?

सलमा : (निराशा से) नहीं! और तुम भी नहीं आए।

हमीद : (आश्चर्य से) मैं भी नहीं आया?

सलमा : हां, तुम मुझसे यूं कटे-कटे-से रहते हो, जैसे यहां मकान मिल जाने में मेरा ही कुसूर है!

हमीद : (पास जाकर) नहीं सलमा जानी!

[सलमा बेचैनी की हालत में जाने लगती है कि मेज़ से टकरा जाती है]

सलमा : उई अल्लाह!

[हमीद जल्दी से सलमा के पास जाता है और मेज़ को एक हाथ मारता है। जैसे वह सलमा का बदला ले रहा हो। दोनों हंस पड़ते हैं। हमीद सलमा को लिपटा लेता है]

10

गली (पान की दुकान) : सुबह

[मरातिब और दो आदमी आपस में बातें कर रहे हैं]

मरातिब : अमां बनवारी! मियां-बीवी तो कहने की बात है···

बनवारी : हां, मियां-बीवी होते तो इधर रहने को आते! (दूसरे आदमी से) क्यों मिर्ज़ा··

मिर्ज़ा : अमां, धीरे-धीरे निकलेंगे पर-पुर्ज़े, देखते जाओ।

मरातिब : अमां हे! तुम क्या समझते हो इनको मालूम नहीं, कि यहां शादो रहा करती थी!

मिर्ज़ा : क्या बात करते हो मरातिब मियां! शादो के नाम पर यहां खून हो गए! अखबारों तक में नाम छप गया उसका!

बनवारी : पन अब बुढ़ियाय गई थी मिर्ज़ा!

मिर्ज़ा : बरखुरदार! बीस-बीस झूठ इसीलिए तो बोलने पड़ते थे एक गाहक फांसने के लिए।

[बनवारी हंसता है]

मरातिब : अमां चुप भी रहो, तुम लोग हंसा मत करो! हमारा तो धंधा ही चौपट हो गया।...अबे याद है, शादो रहा करती थी तो सौ-पचास पान ही बिक जाया करते थे यार!

बनवारी : बिकेंगे, अब भी बिकेंगे!

मरातिब : बेटा, तुम ट्राई करो! अगर मेरा धंधा चौपट हुआ तो मैं इन सालों को रहने थोड़े ही दूंगा...

[मिर्ज़ा सीढ़ियों से उतरते हुए हमीद को दूकान के शीशे में देखता है और मरातिब को चुप कराता है]

11

घर (रसोई) : रात

[सलमा बैठी बेलने से रोटी बना रही है। हमीद उसे उंगलियों से गुदगुदाता है। सलमा रोटी बेलते हुए रुक जाती है]

सलमा : देखो जी, मुझे यह मज़ाक अच्छा नहीं लगता!

हमीद : क्यों?

सलमा : मैं तुम्हारी बीवी हूं कोई दूसरी नहीं...!

हमीद : (गुदगुदाते हुए) ले! अब इतने से काम के लिए कोई दूसरी ढूंढूं!

सलमा : खबरदार! (और बेलना तानकर खड़ी हो जाती है)

हमीद : (परे जाकर) अजीब हैं न बीवियों के हथियार भी! बेलना, झाड़ू···!

सलमा : बस!—और भी हैं—

हमीद : और क्या?

[सलमा जवाब में कमर पे हाथ रखकर टेढ़ी खड़ी हो जाती है और चितवन से उसे देखती है]

हमीद : (घबराकर) अब्बा! (और भाग जाता है)

12

घर (बेडरूम) : सुबह

[हमीद दफ्तर जाने के लिए तैयार है। जेब टटोलता है तो पैसे नहीं हैं···]

हमीद : (एक तरफ देखकर) सलमा जानी! पैसे?

[सलमा कपड़े-वपड़े समेट रही है, उसे शरारत सूझती है। वह दांतों में ज़ुबान रखकर बोलती है। ज़ुबान दांतों में दबने से 'स' का उच्चारण 'फ' हो जाता है।

सलमा : पैफे! हर वक्त पैफे···ऐफे-कैफे दे दूं पैफे?

हमीद : (पास जाकर) सौ बार तुमसे कहा है यूं दांतों में ज़ुबान रखकर मुझसे बात मत किया करो।

सलमा : इफ में क्या है?—मैं तो फबके फाथ ऐफे ही···!

हमीद : फिर वही बात!—मुझे यहां कुछ यूं-यूं होने लगता है! (सीने के पास हाथ ले जाकर)

सलमा : (उच्चारण सुधारकर) कितने पैसे चाहिए!

हमीद : दो रुपये दे दो!

सलमा : हाय नौज। दो रुपये किस बात के?—दस पैसे जाने के, दस पैसे आने के, रोटी घर की! आठ आने बहुत हैं।

[हमीद उसकी कलाई मरोड़ता है]

हमीद : देती हो या नहीं?

सलमा : (दर्द से बिलबिलाकर) देती हूं, देती हूं!

[सलमा बक्स के पास जाती है। पैसे निकालकर उसे दिखाती है। हमीद हाथ बढ़ाता है तो पैसों को सामने चोली में उड़स लेती है। हमीद जल्दी में चोली तक हाथ बढ़ाता है। मगर ख्याल आते ही ठिठककर रुक जाता है]

हमीद : (हाथ झटककर) ठीक है! मैं कड़का ही जाता हूं। (बैठक की तरफ चला जाता है)

घर (बैठक)

[हमीद के पीछे-पीछे सलमा भी आती है। हमीद फाइल उठाकर चलने लगता है कि सलमा उसे पीछे से आवाज़ देती है]

सलमा : (उच्चारण बिगाड़कर) ऐ फुनो—!

[हमीद दरवाज़े के पास रुकता है। सलमा चोली में से दो रुपये निकालकर देती है। हमीद ले लेता है]

हमीद : अब क्यों दिया?

सलमा : तरफ आ गया न! (हमीद जाने लगता है। सलमा फिर

आवाज़ देती है) फुनो !—फाम को जल्दी आ फकते हो ?

[हमीद जल्दी में घबराकर कुछ बोलना चाहता है कि उसके मुंह से भी उच्चारण गलत निकल जाता है]

हमीद : फलमा˙˙˙। (और चला जाता है)

[सलमा दरवाज़े को हंसते हुए बन्द करती है और टेक लगाकर खड़ी हो जाती है]

सलमा : फचमुच बड़ा फरीफ आदमी है !

13

कार्पोरेशन आफिस

[हमीद दफ्तर में बैठा है कि टाइपिस्ट मारिया आती है और एक फाइल देकर चली जाती है। हमीद फाइल खोलकर देखता है। उसमें एक कागज़ अंग्रेज़ी में टाइप किया हुआ रखा है, जिसपर लिखा है—

"यु डू नाट लुक एट मी, ऐंड आई रिमेन मीनिंगलेस।"[1]

हमीद पढ़कर टाइपिस्ट को देखकर मुस्कराता है। टाइपिस्ट टाइप करने में लीन है।—अचानक एक तरफ से शामलदास की आवाज़ आती है]

शामलदास : आदाब अर्ज़ है हमीद साहब ! (हमीद मुड़कर देखता है) मैंने सोचा, ज़रा मिलता चलू ! (पास आ जाता है) अगर पुल का ठेका जल्दी न मिला तो बरसात आ जाएगी !

1. तुम मेरी ओर सिर उठाकर नहीं देखते और मेरा जीवन व्यर्थ है।

[शामलदास हमीद से हाथ मिलाता है और इसी बहाने हाथ में कुछ देता है]

हमीद : यह क्या है ? (हाथ खोलता है तो रुपये होते हैं)

शामलदास : यह वह !···

[हमीद उसे डांटता है। मारिया हमीद की आवाज़ सुनकर देखती है]

हमीद : चले जाओ यहां से, वर्ना मैं अभी बॉस को खबर करता हूं।

[सदानन्द अपनी मेज़ से यह सब देखता-सुनता है और आता है]

सदानन्द : (आते हुए) आहिस्ता-आहिस्ता !

हमीद : आहिस्ता क्या···यह मुझे रिश्वत देना चाहते हैं ?

शामलदास : अच्छा, मैं चलता हूं। (और जाने लगता है। सदानन्द भी उसे इशारे से जाने को कहता है)

सदानन्द : एक बात कहूं हमीद जान ! आजकल के ज़माने में ईमान-दार होना भी एक तरह से जुर्म है !

हमीद : क्या मतलब ?

सदानन्द : जब सब जगह यही चल रहा है तो तुम कैसे बच सकते हो !—आज मकान लेने जाओ—बिना पगड़ी के मिलेगा तुम्हें मकान !

हमीद : न सही ! मैं सड़क पे रह लूंगा, पर हराम के पैसे न लूंगा !

[सदानन्द अपनी मेज़ पर चला जाता है। टाइपिस्ट मारिया हमीद के मुंह से स्वाभिमान की बातें सुनकर बड़ी खुश होती है]

14

घर (बेडरूम) : दिन

[सलमा पलंग पर बैठी ताश खेल रही है। सामने की खिड़की से दोनों लड़के ताक-झांक कर रहे हैं]

सलमा : मैं बड़ी हूं, जाओ-जाओ, बातें नहीं बनाओ, दिखाओ अपने पत्ते !

[सामने की खिड़की में दोनों लड़के बड़ी ताक-झांक में हैं। मगर उन्हें सलमा के साथ ताश खेलने वाला दूसरा आदमी नज़र नहीं आता]

एक लड़का : तू एक काम कर, उस तरफ की खिड़की से जाकर देख तो, कौन है ?

दूसरा : अच्छा ! (और दूसरी खिड़की के पास जाता है)

[सलमा ताश खेलने में लीन है]

सलमा : हटो—इतने बड़े हो गए, पत्ते फेंटने भी नहीं आते !

[दोनों लड़के ताक-झांक कर रहे हैं। पहला लड़का भी दूसरी खिड़की में दूसरे लड़के के पास जाता है]

पहला : अरे, कुछ देखा तूने ?

दूसरा : मुझे तो कुछ दिखाई नहीं देता यार ! मेरी आंखों में कुछ गड़बड़ हो गई है।

[सलमा को पत्ते बांटने के बाद अच्छे पत्ते मिलते हैं। वह सामने खेलने वाले को चैलेंज करती है]

सलमा : आ जाओ मुकाबिले पर हमीद जान ! वह पटकनी दूंगी कि बस !—राउंड है राउंड, कुछ और मत समझियो—हां !

[सलमा फर्श पर चूहा दौड़ता हुआ देखती है तो सामने खेलने वाले का ध्यान बांटने के लिए कहती है]

सलमा : उई अल्लाह ! घर में चूहे कितने हो गए हैं !

[और अपने पत्ते गड्डी में से बदल लेती है। बदलकर 'शो' करती है। पत्ते पलंग पर बिछे हैं। बादशाह, बेगम, गुलाम]

सलमा : गुलाम-बेगम-बादशाह—अच्छी दुग्गी थी, लेकिन गुलाम-बादशाह भी तो थे ! (दोनों पत्ते अपने गालों के पास ले जाती है) बेगम मैं जो हूं !

[दोनों लड़के अपनी खिड़की में उसी प्रकार ताक-झांक कर रहे हैं]

एक : अबे हट पीछे, मरेगा, हट बे !

दूसरा : बिहेव एज़ ए जेंटलमैन ![1]

[सलमा ताश भी खेलकर वक्त गुज़ार चुकी। अब वह खाली बैठी और भी बोर हो रही है।—उठकर अंगड़ाई लेती है और घड़ी के पास जाती है]

सलमा : या अल्लाह···दो घंटे !

[वापस आकर बिस्तर पर फिर बैठ जाती है। कभी बालों से खेलती है, कभी उंगलियां नचाती है। कभी कान में उंगली करती है। उठकर कुर्सी पर बैठती है। उसे पलंग पर रखा सिगरेट का पैकेट और माचिस दिखाई देता है। सिगरेट निकालकर मुंह में लगाती है और जलाती है। एक ही फूंक में खांसने लगती है—सिगरेट फेंक देती है और पलंग का सहारा लेकर कुर्सी पर बैठ जाती है। किसीकी सीढ़ियों पर चढ़ते हुए खट-खट की आवाज़ आती है। वह कुछ सोचकर उठती है। साड़ी कमर के

---

1. भद्रपुरुष की तरह व्यवहार करो।

गिर्द लपेटती है और दीवार के कोने से एक डंडा उठाकर पलंग पर रखती है। दुपट्टा उठाकर सर पर पगड़ी बांधती है। तकिया उठाकर रुई निकालती है और मूछ बनाकर लगाती है। मर्दों का स्वांग करके वह बैठक के दरवाज़े के पास जाती है और दरवाज़े पर डंडा मारती है]

घर (बेडरूम)

सलमा : आ अन्दर, बताता हूं तुझे—साला! रोज़-रोज़ यही होता है!—तेरी मां···।

[सलमा शरमाकर अन्दर बेडरूम की तरफ भाग जाती है। बिस्तर पर शर्माए हुए मुंह बंद किए रहती है। गली में पान-वाला दूकान पर मिर्ज़ा से बातें कर रहा है। भैया पान ले रहा है]

मिर्ज़ा : अमां मरातिब मियां···

मरातिब : अमां एक मिनट यार, ज़रा पान तो दे दूं! (भैया से) पहले माल लाओ बेटे तुम!

[सलमा के घर से तम्बूरा बजने की आवाज़ आती है। तीनों खिड़की की तरफ देखते हैं]

[सलमा बैठी पलंग पर तंबूरा छेड़ रही है। सामने की खिड़की से लड़का सीटी बजाकर सलमा को इशारा करता है। सलमा उठकर खिड़की बन्द कर लेती है]

सामने का कमरा

[शाहिद मियां पीछे से आकर लड़के को मारते हैं]

शाहिद मियां : लुच्चे, शोहदे, शर्म नहीं आती तुम्हें किसी शरीफ घर

में झांकते हुए!

लड़का : अब्बा, मैं तो पतंग देख रहा था!

शाहिद मियां : पतंग की औलाद! तुम्हारी पढ़ाई-लिखाई यही सिखाती है! चल यहां से निकल! (ढकेल देता है)

लड़का : अब्बा!

[सलमा तम्बूरे के पास बैठी है। दरवाज़े पर दस्तक होती है]

घर (बैठक)

सलमा : कौन?

बाहर से आवाज़ : मैं हूं, हमीद!

सलमा : आप?···नहीं, यह आप नहीं हैं, आवाज़ कुछ···

हमीद : ओफ्फो! कहा न, मैं हूं हमीद!

[सलमा दरवाज़ा खोलती है। हमीद अन्दर आता है]

सलमां: क्यों इतनी देर लगा दी?

हमीद : (घड़ी देखकर) देर कहां?—ठीक वक्त पे तो आया हूं—साढ़े पांच!

सलमा : मेरी तो सांस घुट रही थी।

[दौड़कर बैठक की खिड़की खोलती है और ज़ोर-ज़ोर से सांस लेती है। हमीद मेज़ पर एक पिंजड़ा रखता है। सलमा खिड़की के पास से पलटती है और हमीद के पास आती है]

सलमा : यह क्या?

हमीद : मैना! तुम दिन-भर घर में अकेली रहती हो। मैंने सोचा जी बहल जाएगा!

सलमा : (पिंजड़े के पास बैठकर) हां! लेकिन लाते तो जोड़ा लाते।

नहीं तो बेचारी यह भी हमारी तरह पिंजड़े में सर पटक-पटक के मर जाएगी!···यह नर है या मादा···?

हमीद : अरे हां! यह पूछना तो मैं भूल ही गया! ···एक मिनट···

[पिंजड़ा उठाकर मैना को नीचे से देखने लगता है। सलमा खड़ी होकर शर्माते हुए हमीद को धपकती है]

सलमा : धत्, शर्म नहीं आती! (और शरमाकर मुंह दुपट्टे से छिपा लेती है)

हमीद : (पिंजड़ा लिए हुए) फिर कैसे पता लगेगा कि यह नर है या मादा?

सलमा : मैं बताऊं! (हमीद के साथ पिंजड़े को सहारा देकर खड़ी हो जाती है)

हमीद : हां!

सलमा : थोड़ा-सा चने का आटा डालो—अगर खाता है तो नर और खाती है तो मादा!

हमीद : अरे हां! ··· (अपनी बेवकूफी को समझकर) क्या कहा?

[और पूरा पिंजड़ा सलमा को थमा देता है। सलमा हंसती है]

सलमा : (मैना से) मैना प्यारी, राजदुलारी, तू किस बिधि कारी! ··· अच्छा! मैं समझी—(गाकर) "अपने पिया की मैं बिरहूं जारी!"

हमीद : (रोमांचित होकर उसके बालों के पास मुंह ले जाकर) मैना!

सलमा : मैं ना! —तुम!

[पिंजड़ा रखकर दोनों लिपट जाते हैं, और बेडरूम की तरफ लिपटे-लिपटे हुए ही जाते हैं]

घर (बेडरूम)

[हमीद की नज़र पलंग पर पड़े हुए तम्बूरे पर जाती है। वह सलमा को झटके से छोड़कर अलग कर देता है]

हमीद : यह क्या ?···गाती रही हो ?

सलमा : (घुटन से) यूं ही—तम्बूरा···जी जो नहीं लगता !

हमीद : (बिगड़कर) खबरदार ! अगर यहां गाया-बजाया तो···। जानती हो वे लोग इसका क्या मतलब लेंगे !

सलमा : लोगों की मुझे परवाह नहीं ! —तुम !

[हमीद पर हाथ रखती है। हमीद उसे झटक देता है। सलमा बेबस-सी मायूसी की हालत में परेशान हो उठती है। वह हमीद को इस तरह नाराज़ देखकर पलंग पर गिरकर सिसकियां लेने लगती है। हमीद उसके ऊपर झुककर देखता है। एक तरफ तम्बूरा पड़ा है और दूसरी तरफ साथ में सलमा ! एक को बजने का अधिकार नहीं, दूसरे को खुलकर जीने का]

हमीद : (सलमा पर हाथ रखकर) सलमा !

[सलमा सिसकती हुई दूसरे कमरे में भाग जाती है]

घर (बैठक)

[सलमा अब्बा के फोटो के पास खड़ी होकर कहती है]

सलमा : ले जाओ—ले जाओ मुझे यहां से अब्बा जानी ! मैं मर जाऊंगी। मैं यहां घुट के मर जाऊंगी !

हमीद : (बैठक में सलमा के पास आकर) सलमा !

सलमा : (हमीद की तरफ पलटकर) मार डालो मुझे ! —घोंट दो अपने हाथों से मेरा गला ! घोंट दो मेरा गला। घोंट दो

मेरा गला—घोंट दो मेरा ग···

[हमीद उसे धीरे-धीरे पुकारता है। वह भावुकता में होने के कारण नहीं सुनती]

हमीद : (ज़ोर से) सलमा! (सलमा उसके मुंह की तरफ चुप होकर देखती है) मुझे समझने की कोशिश करो।

[सलमा उससे लिपट जाती है]

15

घर (बेडरूम) : रात

[हमीद और सलमा बिस्तर पर लेटे हैं। हमीद सो चुका है। पिंजड़े में मैना की फड़फड़ाहट सुनकर सलमा हमीद को जगाती है]

सलमा : ए सुनो—सुनो तो! ···

हमीद : आंय! (उनींदेपन से) क्या है?

सलमा : वह मैना—ज़रूर कोई बाहर आया होगा!

हमीद : (थोड़ा उठकर) नहीं तो! (आवाज़ सुनने की कोशिश करता है) तुम तो यूं ही वहम की मरीज़ हो गई हो सलमा! (वह भी आहट सुनता है)

[हमीद बैठक के दरवाज़े की तरफ उठकर जाने लगता है]

सलमा : (उसका हाथ पकड़कर) देखो, लड़ना मत! तुम्हें मेरी कसम लगे!

"ए सुनो–सुनो तो !···" (हमीद और सलमा)

सलमा दुआएं मांगती है।

घर (बैठक)

[हमीद बैठक में जाकर बाहर का दरवाज़ा खोलता है। बाहर दो आदमी खड़े हैं]

हमीद : आप ?

एक : आदाब अर्ज़ है हुज़ूर !

दूसरा : जै राम जी की साहब ! हम आप ही के मुहल्ले के लोग हैं। यह मिर्ज़ा और हम बनवारी !

हमीद : लेकिन इस वक्त ? खैरियत तो है ?

मिर्ज़ा : यह लीजिए ! —खैरियत तो हम आपकी पूछने आए है !

[दोनों अन्दर आ जाते हैं]

बनवारी : उल्टा आपने हमारी ही पूछनी शुरू कर दी !

मिर्ज़ा : (कुर्सी पर बैठकर) सुना, लोग यहां आपको बहुत हैरान करते हैं ! —यानी कि रात, वक्त-बेवक्त दरवाज़ा आन खट-खटाते हैं।

हमीद : ऐसी तो कोई बात नहीं ! आज आप आए हैं, या उस दिन वह आया था !

बनवारी : अरे मिर्ज़ा ! वह तो कसम राम जी की ! मार-मारकर लिटा दिया—सुला दिया इन्होंने ! बहुत-बहुत, बहुत अच्छा किया !

मिर्ज़ा : अरे वह तो ठीक है ! —मगर आदमी की वाकफियत हो तो झगड़ा-झमेला होता ही नहीं।

हमीद : (आश्चर्य से) वाकफियत ! किससे ?

[सलमा बेडरूम के दरवाज़े की ओट से खड़ी सब सुन रही है]

बनवारी : आप नहीं जानत हैं साहेब! मिर्ज़ा सहर के बड़े-बड़े लोगों को जानत हैं!

मिर्ज़ा : हुज़ूर, एक बार मिलना हो गया तो शोर-शराबे का मौका ही नहीं आएगा!

बनवारी : और का! चुपके से गए···फिरे—घूमे, लौट आए! ऊपर से जेबें भर लाए।

हमीद : आप काम क्या करते हैं?

मिर्ज़ा : काम क्या हुज़ूर! माल यहां गाहक वहां! हम तो दोनों को मिला देने के जोड़े हैं सरकार! बीच में टका-दो-टका बचाते हैं—अपना और बाल-बच्चों का पेट पालते हैं!

हमीद : यानी आप दलाल हैं?

बनवारी : आपके खादम! —धन्धे से जौन आमदनी होगी, मलाई आपकी और दूध-छाछ हमारी!

हमीद : (बिगड़कर) चले जाओ यहां से!

बनवारी : चले जायं।

मिर्ज़ा : अमां अजीब मिज़ाज के आदमी हो। कम···ल···

हमीद : मैं कहता हूं, निकल जाओ यहां से!

[दोनों को पकड़कर धक्का देकर बाहर निकालने की कोशिश करता है]

मिर्ज़ा : अरे मियां, हाथ से नहीं, मुंह से बात करो!

बनवारी : ई समझ लेव बाबू। हम मिर्ज़ापुर के लठैत हैं।

हमीद : बहुत देखे हैं। अब तक तो मैं तुम जैसे दस पर हावी हूं! निकलो यहां से! —निकल जाओ! (पीछे से सलमा आती है)

हमीद : (सलमा से) तुम अन्दर जाओ जी!

[हमीद दोनों को दरवाज़े के बाहर ढकेलकर लाता है। सलमा दरवाज़े पर खड़ी है]

सलमा : मैं मुंहजली कह ही रही थी, कोई और मकान ढूंढ़ लो! अल्लाह···इस शहर में कोई पुलिस या अदालत है या नहीं!

[हमीद और मिर्ज़ा व बनवारी में चल रहा झगड़ा बिल्डिंग के रहने वाले सब देख रहे हैं]

कारीडोर

हमीद : अगर फिर कभी यहां आए तो टांगें तोड़ दूंगा!

बनवारी : अरे, क्या टांगें तोड़ दोगे!

[हमीद दोनों को छोड़कर घर में जाता है। दोनों सीढ़ियों से उतरते हुए हमीद को चैलेंज देते हैं]

बनवारी : मैंने भी अगर बदला न लिया मार-मार के, तो मेरा भी नाम बनवारी नहीं!

[सीढ़ियों से उतरकर गली में बिल्डिंग के दरवाज़े के पास रुक जाते हैं, जहां भीड़ जमा हो चुकी है]

हमीद : (सलमा से) तुम अन्दर जाओ जी! (और दरवाज़ा बन्द कर लेता है)

गली

बनवारी : मिर्ज़ा! अगर आज तुमने न रोका होता तो कसम दुर्गा मैया की, मार-मारकर बराबर कर देता!

मिर्ज़ा : अमां हटाओ। हमारी तरफ से जहन्नुम में जाएं!

शाहिद मियां : (भीड़ में से) अच्छा तो आप जहन्नुम से निकालने गए थे उन्हें!

[सब हंसते हैं। बनवारी और मिर्ज़ा खिसक जाते हैं]

एक : (भीड़ में से) शाहिद मियां! क्या-क्या मुसीबतें उठाकर उस पहली को निकाला है हमने!

दूसरा : तो फिर यह रोज़-रोज़ का झगड़ा शुरू हो गया!

शाहिद मियां : अरे गृहस्थी हैं। नादानी में मारे गए बेचारे!

तीसरा : तुम कैसे कहते हो, यह लोग गृहस्थ हैं!

मरातिब : और शाहिद मियां! अगर तुम्हारे दिल में बहुत वो है न भैया, तो तुम अपने घर ले जाओ इन्हें!

शाहिद : अच्छा-अच्छा मियां! वक्त आने पर ले भी जाऊंगा।

मरातिब : लो! ले भी जाएंगे! सुनिए, इस उम्र में यह बातें!

[सब हंसने लगते हैं। शाहिद मियां चले जाते हैं]

घर (बेडरूम) : रात

[झगड़े के बाद हमीद गम्भीर-सा पलंग पर बैठा है। सलमा ज़ेवर निकालकर देती है]

सलमा : सुनो!

हमीद : यह क्या?

सलमा : ज़ेवर...बेच दो इन्हें, जब ज़ेवर इज़्ज़त से महंगे पड़ें तो...

हमीद : हूं! लाखों की चीज़ तुम ढाई-तीन सौ में खरीदना चाहती हो! ...इन्हें बेच भी दें तो क्या मकान मिल जाएगा?...

सलमा : कहीं से कर्ज़ नहीं मिल सकता? —धीरे-धीरे उतार देंगे!

हमीद : कर्ज़ भी इज्ज़त वालों को ही मिलता है! ...तुम चुपचाप सो जाओ। मेरा सिर मत खाओ!

[सलमा मायूस होकर चुपचाप बैठ जाती है। कुछ ख्याल आने से उठकर रसोई में जाती है और ताक में रखा 'दीया' जलाती है और दुआएं मांगती है। पीछे गली से गाने की आवाज़ें आ रही हैं]

16

घर (नल) : सुबह

[सुबह मस्जिद से अज़ान की आवाज़ आ रही है। हमीद नल पर नहा रहा है। सलमा आती है]

सलमा : अरे, अभी तो फज्र की अज़ान हुई है!

[तौलिये से हमीद के बाल सुखाने लगती है]

हमीद : हां।

सलमा : और तुमने जाने की तैयारी भी शुरू कर दी! यह भी कोई वक्त है जाने का?

हमीद : हां···इतनी छोटी-सी उम्र में!

सलमा : धत्! शर्म नहीं आती। (और बेडरूम में चली जाती है)

[हमीद नहाकर नल के पास खड़ा हुआ बेडरूम में पलंग पर बैठी सलमा को देख रहा है। फ़िर सलमा के पास जाता है और उसके बदन पर उंगलियों से गुदगुदाता है। सलमा उसकी इस छेड़ से चिढ़ जाती है]

सलमा : खबरदार! काली ज़ुबान वाले! मैं तुमसे बात भी नहीं

सलमा : "खबरदार! काली जुबान वाले—मैं तुमसे बात भी नहीं करती ···" (सलमा और हमीद)

औरत : "हे भगवान, यह तूने क्या किया?" (संजीवकुमार, मेहता और उसारी के दूसरे स्त्री-पुरुष)

करती।—मैं तो कहती हूं मेरी मैयत तुम्हारे कंधों पर जाए अल्लाह···

हमीद : उहूं···मैं यह न होने दूंगा!

सलमा : क्यों?

हमीद : इसलिए कि मैयत उठाने के लिए तीन और भी होते हैं!

सलमा : वह कोई भी हों···उनमें से एक बाप होता है, एक भाई, एक मामू और एक अपना वह!

हमीद : (अनजानेपन से) वह?

सलमा : हां···!

हमीद : (खुद को) अच्छा-अच्छा, यह! —अच्छा देखो, जल्दी से कपड़े निकालो मेरे, मैं उन तीनों को बुलाने—मकान देखने जा रहा हूं। आज आफिस से आधे दिन की छुट्टी ली है!

[हमीद गुनगुना रहा है—बहियां ना धरो—ऊं ऊं ऊं ऊं ऊं···। सलमा कपड़े निकाले हुए उसे देखकर मुस्कराती है]

सलमा : (कपड़े लिए हुए) सुनो!

हमीद : हां! अब तुम सुनाओ!

सलमा : तुम्हारे दफ्तर में कोई लड़की काम करती है?

हमीद : हां! तुम्हें कैसे पता चला?

सलमा : इनमें से बू आ रही है उसकी।

हमीद : अभी तो तुम्हारी भी नहीं बसी है इनमें!

सलमा : तो जल्दी से कोई मकान देख लो।···सच बताओ···

हमीद : हां।

सलमा : तुम्हें उससे कुछ वह है?

हमीद : बिल्कुल नहीं!

सलमा : तब तो ज़रूर तुम्हें है! नहीं तो बिल्कुल क्यों कहते···
लो मेरी कसम···

हमीद : सलमा! कहीं तुम पागल तो नहीं हो गईं?

सलमा : हूं···रखो न मेरे तन पे हाथ···
[हमीद उसपर हाथ रखता है]

सलमा : हुश! झूठी कसम खाना तो कोई तुम मर्दों से सीखे···
(जाने लगती है)

हमीद : अरे, मेरी पतलून तो देती जाओ—
[पतलून देकर रसोई की तरफ चली जाती है]

घर (रसोई) : रात

[सलमा रसोई में चाय बना रही है कि पिंजड़े में से मैना की आवाज़ आती है, "ऐ, तुम आ गए?"]

घर (बैठक)

[हमीद बैठक में जूते पहन रहा है। वह बाहर जाने के लिए तैयार है। आवाज़ सुनता है। वह समझता है सलमा पूछ रही है]

हमीद : अरे हद हो गई! अभी मैं गया ही कहां हूं?
[सलमा चाय लेकर हमीद के पास आती है]

सलमा : मै, ना! वह! (मैना की तरफ इशारा करती है)

हमीद : (मैना को देखकर) अच्छा, अच्छा!

सलमा : (चाय हमीद को देकर) ऐ सुनो! मेरे मैके में एक हिन्दू लड़का मेरा भाई बना था। वह कहा करता था कि पिंजड़े में पंछी को बन्द करने से बड़ा पाप लगता है!

हमीद : छोड़ देने से भी तो लगता है!

सलमा : वह कैसे?

हमीद : बाहर सैकड़ों बाज़, शिकरे, कोई भी खा जाए! ···अच्छा चलता हूं···(जाते-जाते रुककर) अरे हां, सुनो!···मेरे जाने के बाद कोई भी आए, दरवाज़ा मत खोलना!

सलमा : नहीं खोलूंगी! अल्लाह जाने क्या डर है, तुम जब भी आते हो मुझे तुम्हारी आवाज़ भी किसी और की लगती है!

हमीद : अच्छा-अच्छा, एक काम करते हैं! (कुछ सोचकर) कोई लफ्ज़, कोई कोडवर्ड मुकर्रर करते हैं जो सिर्फ मेरे और तुम्हारे ही बीच रहेगा, जब वह सुनो, तो दरवाज़ा खोल देना!

सलमा : लेकिन क्या लफ्ज़?

हमीद : कोई भी (सोचकर)···बाम्बे सेंट्रल।

सलमा : बाम्बे सेंट्रल?

हमीद : हां, बाम्बे सेंट्रल!

[हमीद चला जाता है। सलमा दरवाज़ा बन्द करके उससे टेक लगाकर खड़ी हो जाती है]

सलमा : (रुआंसी होकर) यहां मेरे मियां का नाम भी बाम्बे सेंट्रल हो गया!

17

(झोंपड़ पट्टी) : दिन

[हमीद मकान की तलाश में एक झोंपड़ों की बस्ती में पहुंचता

है। एक आदमी उसे घर दिखाता है]

हमीद : इस झोंपड़े का अस्सी रुपया किराया?

आदमी : ऐंसी रुपया तुमको बहुत ज्यास्ती हो गया। अरे बाबा! यह खोली के वास्ते हमको दोन शंभर रुपया मिलता था—दो सौ रुपया! अभी तुम्हीच बोलो! ऐंसी रुपया से कमती और क्या करने को सकता है!—नहीं-नहीं, एक बात बोलता है।

हमीद : दो सौ मिलता था तो छोड़ा क्यों?

आदमी : अरे बाबा, हमने पहले जिस भाड़ुत को खोली दिया था वह साला इधर दारू का भट्टी चालू किया। माल अच्छा बनाता था, लेकिन रोज़ रात को धमाल[1] होता था! इसके वास्ते हमने पोलिस को कम्पलेन किया, बोमाबोम किया जभी जा के उसने यह खोली हमको खाली करके दिया!

हमीद : देखो भाई! हम मियां-बीवी शरीफ लोग हैं। तुम्हें किसी किस्म की तकलीफ न होने देंगे! —पहली के पहली तुम्हारे घर किराया पहुंच जाएगा—इसलिए थोड़ा-सा कम करो!

आदमी : अरे फिर वहिच बात!—देखो बाबा, अभी हर दिन का हमको 15 रुपया मिलता है—महीने का चार सौ रुपया हुआ! अभी इससे कमती क्या बेचेंगा।···नहीं, नहीं, एक बात बोलता है।

हमीद : इस खपरैल का पन्द्रह रुपया रोज़!

आदमी : हां—यह खोली का बाबा!

[बात करते समय एक नौजवान कमीज़ का बटन बन्द करते हुए एक लड़की के साथ घर में से निकलता है। हमीद आश्चर्य

---

1. हंगामा

से उन्हें देखता है]

आदमी : अरे, हम तेरे को पांच रुपया कमती कर देगा···अरे···

[हमीद हाथ झटककर चला जाता है]

18

उसारी (कंस्ट्रक्शन) : दिन

[हमीद मकान की तलाश में एक दिन ऐसी जगह पहुंचता है जहां एक नई बिल्डिंग बन रही है। हमीद वहां के देखभाल करने वाले मेहता जी (मुंशी जी) से बात करता है]

मेहता जी : देखो भाई ! तुम बम्बई में कहीं भी तपास करो—एक कमरे, एक किचन, एक बाथरूम का 200 रुपया पाड़ा और एक हज़ार रुपया पगड़ी···

हमीद : मेहता जी, आप तो टोपी वाले हैं, आपको पगड़ी की क्या ज़रूरत ? (मेहता उसे घूरकर देखता है) मेहता जी, जिसकी तनख्वाह ही 212 रुपये 12 पैसे हो वह किराया कहां से देगा ! आप किराया पौने दो सौ रूपय लीजिए—पगड़ी मत मांगिए !

मेहता : दुनिया किधर जा रही है मिस्टर, तुम्हें मालूम है ! लोग हंस के हज़ार रुपया देता है। तुम रो के भी नहीं देता !

[कन्स्ट्रक्शन का काम ज़ोरों पर चल रहा है—एक मज़दूर के सर पर ऊपर से घमेला छूटकर गिरता है, वह सर पकड़कर गिर जाता है। लोग उसके पास भागकर जाते हैं। हमीद और

मेहता जी भी जाते हैं। मज़दूर बेहोश पड़ा है]

मेहता : (आकर) क्या है? इसे हास्पिटल ले जाओ!

एक आदमी : बाबा मार्‌या, मार्‌या बाबा!

दूसरा : हास्पिटल के ले जाएं, इसका तो चिट्ठी भी आ गया!

[एक औरत को इस दुर्घटना की खबर मिलती है। वह भागकर आती है और मुर्दा शरीर के पास विलाप करती है। लोग उसी तरह घेरे खड़े हैं।—मेहता मज़दूर की परवाह किए बिना हमीद को भीड़ से बाहर खींचता है]

मेहता : ऐ मिस्टर, बोलो! एक हज़ार से कम नहीं होगा! बोलो! क्या देना चाहते हो। बोलो, कुछ तो बोलो!

[हमीद हैरानी से मेहता का मुंह देखता है। मेहता कोई जवाब न पाकर चला जाता है। हमीद मुर्दा पर एक नज़र डालकर आफिस रवाना होता है]

कार्पोरेशन आफिस

[हमीद कन्स्ट्रक्शन से आकर अपनी कुर्सी पर गम्भीर मुद्रा में बैठा है। वह काम करने के लिए फाइल खोलता है, मगर उसका दिल काम में नहीं लगता। जिस कागज़ पर वह पढ़ने को नज़र गड़ाता है उसे उस औरत का विलाप याद आ जाता है। वह इसी परेशानी में है कि शामलदास आ जाता है]

शामलदास : देखिए, उस दिन आपने मुझे गलत समझा!

हमीद : जी नहीं, उल्टा ठीक समझा!

शामलदास : आप उम्र में मुझसे बड़े हैं।

हमीद : जी नहीं, छोटा।

शामलदास : हां, छोटे···छोटे···। देखिए, उस दिन छोटा भाई

समझकर मैं आपको जो कुछ दे रहा था वह रिश्वत नहीं थी। अगर वह रिश्वत थी तो सब रिश्वत देते हैं! घर जाते वक्त अगर बीवी के लिए साड़ी ले जाए कोई, तो क्या वह रिश्वत हो गई?

सदानन्द : (अपनी मेज़ से हमीद की मेज़ के पास आते हुए) डिपेंड करता है···(पास आकर) आप किस इरादे से साड़ी ले जा रहे हैं!···क्यों हमीद!

[मारिया टाइप करते हुए इन लोगों की बातें सुनती है और देखकर मुस्कराती है]

19

घर (बैठक) : *दिन*

[सलमा अकेली घर में है। उसके मूड में रोमांस और घुटन का मिला-जुला असर है। अचानक आवाज़ आती है—

"बाम्बे सेंट्रल"

सलमा आवाज़ सुनकर बाहर का दरवाज़ा खोलकर झांकती है, मगर बाहर कोई दिखाई नहीं देता। पलटकर पिंजड़े को देखती है। वह समझ जाती है कि मैना ने शरारत की है। पिंजड़े के पास जाकर मैना से बातें करती है]

सलमा : मैना! तू तो गा। मेरा नहीं तो अपना ही जी लगा! (सलमा गाने लगती है)

न तड़पने की इजाज़त है न फरियाद की है।
घुट के मर जाऊं यह मर्ज़ी मेरे सैयाद की है॥

घर (बेडरूम)

[सलमा बैठक से बेडरूम की तरफ जाती है। वह अत्यन्त व्याकुल और रोमांटिक मूड से इधर-उधर देखती है। खिड़की के शीशे से गली में झांकती है!—आईने के पास जाकर अपना चेहरा देखती है तो उसे बुढ़ापे का एहसास होता है। वह घबरा जाती है। बिस्तर पर तम्बूरा लेकर सहलाती है। बेचैन-सी उठती है और कुर्सी पर बैठ जाती है। ऊपर से टेबल लैंप का प्लग लटका है। वह बेख्याली में प्लग को नाक में डालती है कि अचानक लैम्प जल उठता है। वह घबराकर उठती है और सारे कपड़े उतारकर पलंग पर फेंक देती है। ठंडे फर्श पर चादर ओढ़कर, तम्बूरा ले के लेट जाती है। तम्बूरा सिरहाने रखा है और वह ख्यालों में खो जाती है। विचार उसे कहां से कहां ले जाते हैं। कभी वह समुद्र के तट पर रेत में ज़ोर से भाग रही है, मगर भाग नहीं पाती। उसके विचारों में साथ-साथ विरह-गान भी चलता रहता है—]

माई री, मैं का से कहूं पीर अपने जिया की,
माई री··· !

ओस नग्न की उनके मेरी लगी को बुझाए न,
तन-मन भिगो दे आके ऐसी घटा कोई छाए न,
मोहे बहा ले जाए ऐसी लहर कोई आए न।

पड़ी नदिया के किनारे मैं प्यासी,
माई री˙˙˙ !

पी की डगर में बैठे मैला हुआ री मेरा आंचरा,
मुखड़ा है फीका-फीका नयनों में सोहे नहीं काजरा,
कोई जो देखे मैया प्रीति कवां से कहूं माजरा,
लट में पड़ी कैसी बिरहा की माटी,
माई री˙˙˙ !

आंखों में चलते-फिरते रोज़ मिलें पिया बांवरे,
बहियां की छैयां आके मिलते नहीं कभी सांवरे,
दुख यह मिलन का ले के काह कंरू कहां जाऊं रे,
पाकर भी नहीं मैं उनको पाती,
माई री˙˙˙ !

[कभी विचार उसे समुद्र-तट से पहाड़ियों में ले जाते हैं, कभी सुनसान घाटियों में ले जाते हैं—कभी वह भागते-भागते बैल का सींग पकड़कर पूरा ज़ोर लगाकर बैल को पीछे ढकेलती है। और कभी भूल-भुलैयां में फंस जाती है। फिर कभी वह समुद्र के किनारे पहाड़ों पर भाग़ती है। समुद्र में पड़ी लाश देखकर दूसरी तरफ भागती है कि अचानक आगे उसे रास्ते के बजाए पहाड़ी चट्टान के नीचे मीलों गहरी खाई दिखती है। वह गिरने से संभलती है। इतना डर चुकी है कि गाने की आखिरी लाइन उसके मुंह से निकल जाती है—]

"माई री मैं का से कहूं पीर अपने जिया की।"

सलमा सारे कपड़े उतारकर पलंग पर फेंक देती है। चादर ओढ़कर, तम्बुरा हाथ में ले, ठंडे फर्श पर लेट जाती है।

मरातिब अली, पानवाला गाने की आवाज सुनकर ऊपर देखता है। (अनवर हुसैन)

गली

[मरातिब दूकान पर बैठा है। सलमा के गाने की आवाज़ सुनकर ऊपर देखता है। सलमा के कमरे के बिलकुल नीचे एक लाण्ड्री है। लाण्ड्री वाला गाने की आवाज़ सुनकर कपड़ा टांगने का बांस उठाता है और छत में ठोंकता है]

बेडरूम

[एक चूहा निकलकर सलमा की टांगों की तरफ आता है। सलमा उछलकर खड़ी होती है और चादर को फेंककर पलंग पर कपड़े पहनने लगती है]

सामने का कमरा

[सामने की खिड़की में दोनों लड़के खड़े हैं और पत्थर लेकर सलमा की खिड़की पर मारते हैं]

घर (बेडरूम)

[पत्थर आकर खिड़की के शीशे पर लगता है। शीशा टूट जात। हैं। सलमा पलंग से कूदकर बाहर की तरफ भागती है]

सीढ़ियों के पास (कारीडोर)

[सलमा ऊपर की मंज़िल की तरफ भागती है कि सीढ़ियों के पास एक अधेड़ उम्र की औरत से टकरा जाती है]

औरत : क्या हुआ, क्या हुआ बेटी?

सलमा : (घबराए हुए) कुछ नहीं बहन!···वह, सामने वालों ने

पत्थर मारा है, शीशा टूट गया!

[सलमा ऊपर की मंज़िल पर भाग जाती है]

दूसरी मंज़िल का घर (कारीडोर)

[सलमा ऊपर के कमरे पर दस्तक देती है।—एक औरत दरवाज़ा खोलती है]

सलमा : चचीजान!...मैं...

औरत : नीचे वाली?

[औरत की जवान लड़की उसी कमरे से आती है और खड़ी हो जाती है]

सलमा : हां! वह अभी तक आए नहीं हैं और सामने वाले मेरे पीछे पड़े हैं।

औरत : सामने वाले?

सलमा : हां!

औरत : ऐसे कोई पीछे थोड़े ही पड़ता है कहीं! आग लगी होती है तभी धुआं उठता है!

सलमा : मैं सच कहती हूं, इसमें मेरा कोई कुसूर नहीं है। उन्होंने मेरी खिड़की पर पत्थर मारा है।

औरत: हां, मगर अपनी खिड़की पर तो कोई पत्थर नहीं मारता!

सलमा : आपकी खिड़की?—मैं आपको कैसे बताऊं। हम इज़्ज़त वाले। हमारे अब्बा कभी बहुत बड़े गायक थे। अब तो उनके हाथों में रा'शा[1] हो गया है!—मुझे अन्दर आने दीजिए—

लड़की : आने दो अम्मी!

[औरत और सलमा अन्दर आ जाती हैं। लड़की दरवाज़ा

---

1. कम्पन

बन्द करती है]

हमीद का घर

[हमीद आफिस से लौटकर आता है तो दरवाज़ा खुला देखकर चौंकता है। वह जल्दी से अन्दर जाता है और सलमा को सारे घर में घूम-घूमकर ढूढ़ता है और आवाज़ें देता है]

हमीद : सलमा—सलमा !

मैना : ए ! तुम आ गए ?

हमीद : सलमा ! (हमीद बाहर नीचे की तरफ देखता है)

गली

[गली में एक औरत अपने आदमी को चप्पल से मारती हुई बाल पकड़कर घसीट रही है]

औरत : चल इधर, मैं कहती हूं चल इधर ! वह जो आधे दर्जन घर में बाप पैदा कर रखे हैं ! जब तो आव देखा न ताव ! चल ···

[मरातिब दूकान पर बैठा यह सब देख रहा है]

मरातिब : या अल्लाह, या अल्लाह !

[हमीद भागकर मरातिब के पास पहुंचता है]

हमीद : मरातिब मियां ! बेगम साहिबा को कहीं जाते तो नहीं देखा ?

मरातिब : जी !—जी नहीं !

[हमीद वापस घर की तरफ भाग जाता है।

घर (*कारीडोर*)

[हमीद जैसे ही घर के दरवाज़े पर पहुंचता है, घर से ऊपर

की जवान लड़की निकलती है। हमीद ठिठक जाता है। लड़की एक पल को हमीद को अजीब नज़रों से देखती है और अपने घर चली जाती है। हमीद घर में दाखिल होता है]

घर (बैठक) : *शाम*

[हमीद दरवाज़े बन्द करके सलमा की तरफ बढ़ता है]

हमीद : कहां गई थीं?

सलमा : ऊपर।

हमीद : सच-सच बताओ, वर्ना गला घोंट दूंगा!

सलमा : (बिफरकर) घोंट दो! कुछ तो लोगों ने घोंटा है कुछ तुम घोंट दो!...तुम्हारे साथ अब्बा ने इसीलिए भेजा था! मर्द का हक जताना ठीक है। यह सोचना ठीक नहीं कि क्या हो रहा है मेरे साथ! आओ दिखाती हूं। (हाथ पकड़कर बेडरूम की तरफ ले जाती है)

घर (*बेडरूम*)

[सलमा हमीद का हाथ पकड़े बेडरूम में दाखिल होती है]

सलमा : आओ! —यह देखो, सामने वालों ने पत्थर मारा है। (खिड़की की तरफ इशारा करती है)

हमीद : सामने वालों ने? यह तुम कैसे कह सकती हो!

सलमा : मैं जानती हूं। ये वही हैं जो हमेशा तांक-झांक किया करते थे। इन्हींकी वजह से मैंने खिड़कियां बन्द की थीं। इन्होंने ही शीशा तोड़ा है।—शीशा टूट गया इसकी कोई बात नहीं, बात यह है कि मुझे सांस आने लगी थी। और अब मुझे आदत नहीं रही सांस लेने की।

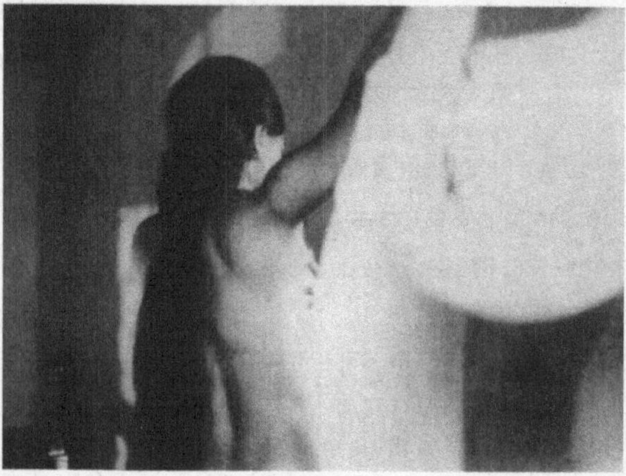

चूहा टांगों के बीच आते देखकर सलमा घबराकर उठती है और बदन पर से चादर एक तरफ फेंक देती है।

हमीद लौटता है तो दूसरी लड़की को देखकर हैरान होता है।

[सलमा पलंग पर गिरकर रोने लगती है। हमीद की समझ में कुछ नहीं आता कि क्या करे। वह भी मुंह छुपाकर दीवार से खड़ा हो जाता है]

20

पुलिस स्टेशन : दिन

[मरातिब पुलिस स्टेशन में बैठा है]

मरातिब : क्या बतावें इन्स्पेक्टर साहब! हमने तो इन लोगों को शरीफ लोग समझकर मकान दिया था। यह निकले धंधे वाले।

इन्स्पेक्टर : आपको कैसे मालूम?

मरातिब : हुज़ूर, मैं थोड़े ही गया था! बाहर के लोग जाते हैं, रोज़ झगड़ा होता है।

इन्स्पेक्टर : झगड़ा कोई सुबूत नहीं! इसका कोई सुबूत लाइए। गली-मुहल्ले के लोग!

मरातिब : गली-मुहल्ले! सरकार, आप कहें तो मुहल्ला का मुहल्ला उठा ले आवें। (कुर्सी से उठकर जाते हुए रुकता है और बोलता है) क्या मुसीबत है! मकान का मकान गया और पान भी नहीं बिकते—लाहौल विला कूवत!

[मरातिब पुलिस स्टेशन से निकलकर चला जाता है]

21

गली (महफिल-ए-नूरी) : शाम

[गली में एक कमरे में लोगों की भीड़ जमा है। बाहर बोर्ड लटका है 'महफिल-ए-नूरी'। लोगों की भीड़ में शाहिद मियां भी हैं, जोकि एक किनारे खड़े हैं और पंचायत की कार्रवाई देख रहे हैं। पंचायत में सबसे ज़्यादा बढ़-चढ़कर मरातिब हिस्सा ले रहा है]

एक : यह हो ही नहीं सकता मौलवी भैया!

मौलवी : हां पंडितजी, हां! ये लोग इस मुहल्ले में रह भी नहीं सकते। धंधा अगर करना है तो जाओ गली दो गली पीछे।

दूसरा : हां, जहां रात को दिन होता है।

तीसरा : हम लोग बहू-बेटियों वाले हैं।

शाहिद मियां : मैं पूछता हूं, आपने जानने की भी कोशिश की है?

मरातिब : आप चुप रहिए शाहिद मियां!

चौथा : हम ज़बरदस्ती इन्हें बाहर निकाल फेंकेंगे! —हां। या तो आग लगा देंगे!

शाहिद मियां : आप कानून हाथ में लेना चाहते हैं!

पांचवां : कानून! जब शमशाद यहां थी तो कानून ने हमें क्या दिया था? थाने में म्युनिसिपलटी में अर्जी कर-करके मर गए!

छठा : हां! वह गई है तो अपने-आप गई है।

एक बूढ़ा : जब बूढ़ी हो गई तो बाज़ार ठंडा पड़ गया था।

[लोग हंसते हैं]।

एक आदमी : सुनिए! मौलवी सिद्दीक और पंडित हरिहर आप

लोगों को कुछ कहना चाहते हैं ! —(मौलवी को सहारा देकर उठाता है) उठिए ! उठिए ! बिस्मिल्लाह-बिस्मिल्लाह—!

मौलवी : (खड़े होकर) ख्वातीन-ओ-हज़रात[1]—(लोग चौंकते हैं क्योंकि महफिल में सिर्फ हज़रात हैं, ख्वातीन एक भी नहीं) आज की मजलिस का इनिकाद[2] उन नई मुसम्मात[3] के सिलसिले में हुआ है जो हाल ही में यहां नुजूल फरमाई हैं ![4] और फरमाते हैं—'हाफिज़ा मयखुरो-रिन्दी कुनो खुशबाश दमे ! दामे तन्वीर मुकुन चूं दिगरां कुरां रा ।[5]

[लोग एक-दूसरे का मुंह देखते हैं, मगर मौलवी की बात किसीकी समझ में नहीं आती। कुछ लोग परम्परागत अंदाज़ में दाद देते हैं। मौलवी साहब के बैठते ही पंडित जी खड़े होते हैं]

पंडितजी : इसके पश्चात् पद्माकर जी ने ऐसी ही पतिताओं के बारे में कहा है—

आर्सी सों आरत सम्भारत न सीसपट,
गजब गुजारत गरीबन की धार पर।[6]

[लोगों की समझ में पंडित जी की बात भी नहीं आती। वे एक-दूसरे का मुंह देखते हैं]

---

1. महिलाओ और सज्जनो
2. आयोजन
3. स्त्री
4. जो अभी यहां आकर रहने लगी हैं।
5. ऐ हाफिज़! शराब पी, रिन्दी कर और मज़े की ज़िन्दगी गुज़ार। दूसरों की तरह कुरान के नाम पर धोखे का जाल मत फैला।
6. वो (मदमाती) जो (दर्पण के सामने) अपने सौन्दर्य को देख नहीं सकती, आरसी के सामने बेखटके चली आती है और गरीबों के दिल पर गज़ब ढाती है।

एक : यार, अपनी तो कुछ समझ में नहीं आता।

शाहिद मियां : इनकी बाते समझना हो तो इन्हें बिठा दो!

पंडितजी : (अपना दोहा पूरा करते हैं)—

छाजत छबीली छत छोहर छोरा को छोर
भोर उठ आई...[1]

[अचानक एक आदमी ट्रांज़िस्टर की आवाज़ बढ़ा देता है। पंडितजी की आवाज़ ट्रांजिस्टर की आवाज़ में दबकर रह जाती है। कुछ भी सुनाई नहीं देता, सिर्फ होंठ हिलते हैं]

22

घर (बेडरूम) : रात

[हमीद पलंग पर लेटा हुआ है। सलमा सिंगार करके उसके पास आती है। यह देखकर निराश हो जाती है कि वह सो चुका है। वह गुनगुनाती है]

सलमा : मैं वारी मुख फेर पिया रे
मैं वारी मुख फेर पिया रे
करवट ते मोहे काहे को मारे!

[हमीद करवट लेता है। सलमा उसके पैरों पर गिर जाती है। हमीद उठकर पूछता है]

हमीद : अरे! गुनाह क्या है तुम्हारा?

1. वह छबीली छत पर अपने जोबन को लुटाती और सुबह के समय अपने नवयुवक (प्रेमी) को छोड़ कर (चुपके से नीचे) चली आती है।

सलमा : (सिसकियां लेते हुए) औरत!

[बाहर से मारो-लूटो की आवाज़ें आती हैं। हमीद और सलमा चौंकते हैं]

गली

[गली में महफिल-ए-नूरी में बैठी पंचायत चली आ रही है। और हमीद के घर की तरफ जैसे ही समूह बढ़ता है, शाहिद मियां सीढ़ियों पर रास्ता रोककर खड़े हो जाते हैं]

शाहिद मियां : ठहरो! ठहरो! किसकी हिम्मत है ऊपर जाने की, उनपर हाथ उठाने की?

मरातिब : देखो शाहिद मियां, कान खोलकर सुन लो! हम अपने मुहल्ले में धंधा नहीं होने देंगे!

[मरातिब भीड़ को भड़काता है]

शाहिद मियां : धंधा! यह क्यों नहीं कहते कि तुम्हारा कारोबार मंदा पड़ रहा है!

लड़का : अब्बा! पराई आग में क्यों पड़ते हो?

शाहिद मियां : तुम चुप रहो जी! जब तक इन लोगों की अक्ल पर पत्थर पड़े हुए हैं, मैं उनको अपने यहां ले जाता हूं! (और सीढ़ियों से ऊपर जाता है)

घर (*बेडरूम*)

[हमीद और सलमा पलंग पर परेशान बैठे हैं कि अचानक दरवाज़े पर दस्तक होती है। हमीद उठकर बाहर की तरफ जाने लगता है। सलमा उसका हाथ पकड़ती है, मगर वह झटककर बाहर की तरफ चला जाता है]

घर (कारीडोर)

[हमीद आकर दरवाज़ा खोलता है। वह सामने बूढ़े शाहिद मियां को देखकर और भी गुस्से में आ जाता है और शाहिद मियां से भिड़ जाता है]

हमीद : बुड्ढे, खूसट, तू भी···

शाहिद मियां : (बात काटकर) सुनो, मेरी बात तो सुनो!

हमीद : मुंह में दांत न पेट में आंत, तू भी यहां चला आया!
(हमीद शाहिद मियां को मारता है)

शाहिद मियां : मैं तो तुम्हारे भले के लिए आया था!

हमीद : मैं जानता हूं, सभी मेरे भले के लिए आते हैं! —निकल जाओ यहां से!
[हमीद उसे पीटने के बाद कमरे में चला जाता है और दरवाज़ा बन्द कर लेता है। बिल्डिंग वाले भी झगड़े को देख रहे हैं]

गली

[शाहिद मियां सीढ़ियों से जैसे ही उतरते हैं, भीड़ उनके मुंह से निकलता हुआ खून देखती है तो और भी भड़क जाती है]

दोनों लड़के : अब्बा!···

शाहिद मियां : रुक जाओ बेटा···रुक जाओ!

मरातिब : (चिढ़ाकर) क्यों शाहिद मियां, मज़ा आया!

शाहिद मियां : आज ही तो मज़ा आया है भैया! आज ही किसी भले काम के लिए एक कतरा खून का बहाया है!

लड़का : उन्हें आपकी बुज़ुर्गी का भी ख्याल न आया!

एक आदमी : उनकी यह हिम्मत! हम उन्हें जान से मार देंगे!

[लोग ऊपर चढ़ने की कोशिश करते हैं। शाहिद मियां भीड़ को रोकते हैं]

घर (बेडरूम)

[हमीद दरवाज़ा बन्द करके अन्दर आता है और सलमा से कहता है]

हमीद : एक कप चाय बनाना।

सलमा : अभी लाई। (वह रसोई में चाय बनाने चली जाती है)

घर (रसोई) : रात

[सलमा रसोई में चाय बना रही है। हमीद भी पीछे से आकर खड़ा हो जाता है। बाहर से मारो-लूटो की आवाज़ें आ रही हैं। हमीद इन हालात से परेशान हो जाता है। वह सलमा को देखता है कि आखिर सलमा में ऐसा क्या है कि लोग मेरे पीछे पड़े हैं। क्या वाकई लोग मुझसे सलमा को छीन लेंगे]

हमीद : तुम कौन हो सलमा···?

[सलमा बेबसी से हमीद को पलटकर देखती है और खड़ी हो जाती है]

सलमा : मैं? (और सहमी निगाहों से हमीद को देखती है)

हमीद : मैंने तो अब तक तुम्हें पहचाना भी नहीं सलमा!···इससे पहले कि लोग तुम्हें मुझसे छीन लें···!

[हमीद सलमा का हाथ पकड़कर झटके से खींचता है। सलमा ज़मीन पर गिर जाती है। हमीद उससे दुराचार करता है।

स्टोव ठोकर लगने से गिर जाता है। ज़मीन पर आग जलने लगती है। सलमा हमीद के नीचे छटपटाती है।—मिट्टी का तेल खत्म होते ही ज़मीन पर लगी आग बुझ जाती है]
[बाहर से पुलिस के सायरन की आवाज़ आती है]

गली

[पुलिस की जीप आती है। भीड़ तितर-बितर हो जाती है]

बेडरूम

[सलमा पलंग पर बैठी सिसकियां लेती है और हमीद शर्मिंदा पलंग के पास खड़ा है]

सलमा : नहीं···यह प्यार नहीं है!

मध्यान्तर

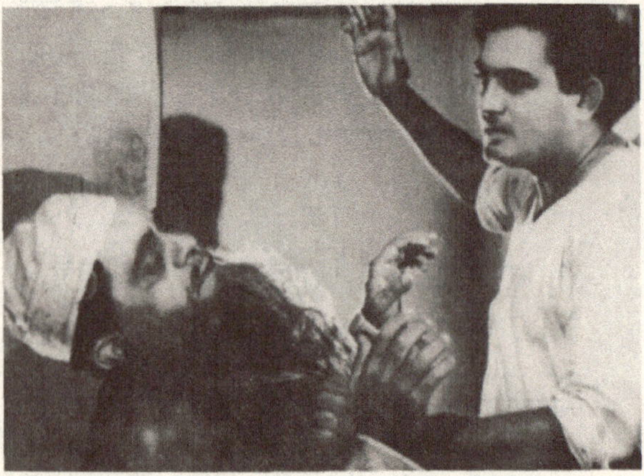

हमीद : "बुड्ढे, खूसट, तू भी˙˙˙(मनमोहन कृष्ण और संजीवकुमार)

हमीद और सलमा फैसला कर लेते हैं कि वे आधी रात को घर लौटा करेंगे जबकि सब सो-मर गए होंगे।

23

समुद्र तट : शाम

[हमीद और सलमा बम्बई के मशहूर स्थान चौपाटी से गुज़र रहे हैं। समुद्र की लहरें किनारों से टकरा रही हैं। पानी छलक-कर इन दोनों पर आता है। दोनों बचते-बचते चले आ रहे हैं। हमीद आगे हो जाता है। सलमा उसे आवाज़ देती है]

सलमा : ए बाम्बे सेंट्रल! ज़रा धीरे चलो, वर्ना मैं न चल सकूंगी तुम्हारे साथ।

[हमीद रुक जाता है और सलमा का हाथ पकड़कर चलने लगता है]

सिनेमा हाल का गेट : रात

[सलमा और हमीद सिनेमा देखकर बाहर निकलते हैं और घर की तरफ रवाना होते हैं]

24

रास्ता : रात

[हमीद और सलमा घूमकर आ रहे हैं]

हमीद : हम आधी रात को घर लौट आया करेंगे। जब सब सो-मर गए होंगे! ठीक है न! चलो।

25

गार्डन : रात

[सलमा और हमीद एक गार्डन में रैलिंग पकड़कर खड़े हैं। हमीद मौका देखकर सलमा के गाल चूमता है। सलमा हाथ से उसके मुंह को दूर करती है]

सलमा : यह क्या कर रहे हो? कोई देख लेगा।

हमीद : कोई हमें देख लेगा तो, मैं उसे देख लूंगा!

[दोनों एक बेंच पर बैठ जाते हैं। हमीद फिर अपना मुंह सलमा के मुंह पर लाता है। सलमा उसे ढकेलकर दूर करती है। हमीद हंसने लगता है]

सलमा : तुम बहुत वह हो—हंसा मत करो।

हमीद : क्यों?

सलमा : तुम्हारे गालों में गड्ढे पड़ते हैं। मैं उनमें चलते-चलते गिर जाती हूं!—अरे, बारिश आ गई! ओ, हो!

[दोनों खड़े होते हैं और चल देते हैं]

गली : रात

[दोनों भीगते हुए छुपते-छुपाते चले आ रहे हैं। बारिश हो रही है। गली सूनी पड़ी है। सिर्फ एक आवाज़ गाने की आ रही है। दोनों एक दीवार के पास आड़ देखकर रुक जाते हैं]

हमीद : वाकई सब मर-खप गए!

सलमा : (गाने की आवाज़ की तरफ इशारा करके) लेकिन, वह नहीं

मरी !

[दोनों एक दीवार से दूसरी दीवार के साये में बचते-बचाते चले आ रहे हैं। गानेवाली की आवाज़ बन्द हो जाती है]

हमीद : वह भी गई !

(सलमा हंसती है)

सलमा : (थोड़ी दूर आने के बाद) मैं तो थक गई हूं।

[दोनों भीगते और भागते घर पहुंचते हैं। हमीद दरवाज़ा खोलता है। सलमा अन्दर दाखिल होती है]

घर (बैठक) : रात

[हमीद भी दरवाज़ा बन्द करके उसके पीछे आता है। सलमा बत्ती का बटन दबाती है। हमीद उसके हाथ पर हाथ रखकर फौरन बटन बन्द कर देता है]

हमीद : तुमने कहा था न कि "मैं थक गई हूं"—बाकी का रास्ता मैं तुम्हें उठाकर ले चलता हूं। (और उससे सटकर चलता है)

सलमा : लेकिन मेरे कपड़े सने हुए हैं।

[हमीद उसके मुह पर उंगली रखता है और सहारा देकर चलता हुआ खिड़की के पास खड़ा हो जाता है। हमीद एक गाना सरगोशियों में गाने लगता है—

तुमसे कहूं एक बात परों से हल्की-हल्की, हूं हूं हूं हूं।
रात मेरी है छांव तुम्हारे ही आंचल की, हूं हूं हूं हूं।]

घर (बेडरूम)

[हमीद और सलमा लिपटे हुए धीरे से बेडरूम में जाते हैं। बिस्तर पर हमीद सलमा को रोमांटिक अन्दाज़ में लिटा-

कर खुद भी उसके पास लेट जाता है। गली में बारिश ज़ोरों से हो रही है। सभी घरों की खिड़कियां यूं बन्द हैं जैसे सोते हुए आदमी की आंखें। गाना चलता रहता है—]

सोई गलियां बांह पसारे आंखें मीचे, हूं हूं हूं हूं।
मैं दुनिया से दूर घनी पलकों के नीचे, हूं हूं हूं हूं।
देखूं चलते ख्वाब लकीरों पर काजल की,
तुमसे कहूं इक बात—।

धुंधली रैन मिलन का बिस्तर जैसे, हूं हूं हूं हूं।
खुलता छुपता चांद सेज के ऊपर जैसे, हूं हूं हूं हूं।
चलती-फिरती खाट हवाओं पर बादल की,
तुमसे कहूं इक बात—।

है भीगा-सा जिस्म तुम्हारा इन हाथों में, हूं हूं हूं हूं।
बाहर नींद-भरा पंछी भीगी शाखों में, हूं हूं हूं हूं।
और बरखा की बूंद बदन से ढलकी-ढलकी,
तुमसे कहूं इक बात—।

26

सड़क : रात

[हमीद और सलमा सड़कों पर घूम रहे हैं]

हमीद और सलमा बारिश में भीगते हुए लौटते हैं।

"तुमसे कहूँ इक बात परों से हल्की-हल्की…"

समुद्र-तट

[घूमते-घूमते दोनों समुद्र के किनारे जाकर एक जगह छोटी-सी दीवार पर बैठ जाते हैं। दोनों बड़े रोमांटिक मूड में हैं। हमीद सलमा के मुंह के पास जैसे ही अपना मुंह ले जाता है कि उनपर एक रोशनी की तेज़ धार पड़ती है। दोनों रोशनी की तरफ मुड़कर देखते हैं। तभी एक जीप आकर उनके पास रुकती है। उसमें से एक इन्स्पेक्टर उतरकर हमीद और सलमा के पास आता है]

इन्स्पेक्टर : मिस्टर ! मे आई हैव ए वर्ड विथ यू[1] ?

हमीद : जी (और दोनों खड़े हो जाते हैं)

इन्स्पेक्टर : आपका नाम क्या है ?

हमीद : मेरा नाम हमीद अहमद है।

इन्स्पेक्टर : क्या काम करते हैं आप ?

हमीद : मैं, यहां कार्पोरेशन में क्लर्क हूं।

इन्स्पेक्टर : हूं···और यह··· ? (सलमा की तरफ इशारा करता है)

हमीद : जी यह, लड़की है। मेरा मतलब बीवी है मेरी !

इन्स्पेक्टर : क्या सबूत है आपके पास कि यह··· ?

हमीद : म···म···म मेरा मतलब बीवी है ?—यह तो देखने से ही पता चलता है इन्स्पेक्टर साहब ! दो मिनट पहले आए होते तो यह मुझसे झगड़ा कर रही थी !—यह साबित करना तो मुश्किल है कि कोई औरत···

इन्स्पेक्टर : आप मेरे साथ पुलिस स्टेशन चलिए।

---

1. मैं आपसे तनिक बात कर सकता हूं ?

इन्स्पेक्टर : हमीद पर हाथ रखता है।

हमीद : वहां कैसे पता चलेगा कि यह बीवी है मेरी?

सलमा : (इन्स्पेक्टर से) आप इन्हें छोड़ दीजिए। मैं जो कहती हूं यह मियां हैं मेरे!

इन्स्पेक्टर : कहने से क्या होता है! हम कई दिनों से वाच कर रहे हैं कि आप लोग रात-रातभर सड़कों पर घूमा करते हैं! मियां-बीवी होते तो घर जाते!

हमीद : घर...! आपको क्या बताऊँ इन्स्पेक्टर साहब! ऐसा नहीं कि हमारा कोई घर नहीं है। हम उन खुशकिस्मत बद-किस्मतों में से हैं जो...।

27

गली : रात

[हमीद और सलमा घूम-फिरकर गली में आ रहे हैं। बारिश खूब ज़ोरों पर हो रही है। दीवार के पास कुछ गुण्डे छुपे खड़े हैं, जो हमीद और सलमा पर हमला करते हैं। कुछ गुण्डे हमीद को गिराते हैं और एक सलमा को दूसरी तरफ खींच लेता है। गुण्डे हमीद से भिड़े हैं कि सीटी की आवाज़ आती है। सब गुण्डे हमीद को छोड़कर भाग जाते हैं। हमीद उठता है और सलमा को पास में न पाकर पुकारता है]

हमीद : सलमा—सलमा!

[अचानक हमीद की नज़र मेनहोल पर जाती है। सलमा

मेनहोल की दीवारें पकड़े लटकी है। हमीद उसे निकालता है। सलमा डर से लिपट जाती है। दोनों जल्दी-जल्दी घर की तरफ चल पड़ते हैं। वे इतने डर गए हैं कि अपनी ही परछाईं से डरते हैं। हमीद उसे लिपटाए लिए चला आ रहा है। बारिश ज़ोरों पर है और बिजली चमकती-कड़कती है। दोनों जब अपने घर के पास पहुंचते हैं तो उन्हें घर के नीचे एक कार खड़ी दिखाई देती है, जिसमें एक तन्दुरुस्त-सा आदमी और ऊपर वाली जवान लड़की बैठे हैं। बिल्डिंग के गेट पर लड़की की मां खड़ी है। एक आदमी गाड़ी के मालिक से पैसे लेकर कुछ खुद रख लेता है और कुछ लड़की की मां को दे देता है। कार चली जाती है। दोनों बिल्डिंग में घुसते हैं]

घर (बैठक)

[हमीद और सलमा घर में आते हैं। हमीद कुर्सी पर बैठकर जूते से पानी और कीचड़ निकालता है। सलमा मिट्टी को बदन से झाड़ती है। दोनों एकदम गम्भीर हैं]

हमीद : यह दुनिया रण्डी का घर है सलमा, जिसमें हम पैदा हो गए। रोज़ यूं लगता है कि आज हमारी इज्ज़त गई कि गई। हम बाल-बाल के फर्क से बच जाते हैं।

सलमा : वह भी हम समझते हैं कि बच गए! हालांकि हम वह नहीं रहे जो शुरू में थे! —आहिस्ता—आहिस्ता··· !

हमीद : क्या मतलब?

सलमा : यह जो हमारे इर्द-गिर्द हो रहा है!···कभी-कभी तो मुझे यूं लगता है कि जैसे मैं—वह हो गई!

हमीद : क्या हो गई?

सलमा : वही जो लोग चाहते हैं!

हमीद : (खड़ा हो जाता है) नहीं, सलमा—नहीं। ऐसा मत कहो!

सलमा : (उसके गले की तरफ हाथ बढ़ाकर) लौट चलो गांव! यह शहर, यह मुंह फाड़े हुए अजगर कुछ नहीं रहने देगा हमारा। छोड़ दो यह नौकरी! (अचानक हाथ पर नज़र जाती है)— मैं मर गई!—चूड़ियां—(गले पर हाथ फेरकर) नेकलस भी नहीं!

हमीद : (बैठते हुए) वही गुण्डे ले गए होंगे! सलमा, मैंने घर तो देखा था, मगर अब··· ?

[अचानक ज़ोर की बिजली गरजकर चमकती है। दोनों चुप हो जाते हैं]

28

कार्पोरेशन आफिस : दिन

[हमीद दफ्तर में कृपलानी साहब की केबिन में खड़ा है। मारिया को कृपलानी साहब कुछ बोलते जा रहे हैं और मारिया लिख रही है]

आफिसर : (हमीद से) हमीद! तुम्हें छुट्टियां तो नहीं मिल सकतीं, तुम्हारा काम कौन करेगा?

हमीद : जी सर! वह सदानन्दजी हैं न। काण्ट्रेक्ट का काम पहले भी वही किया करते थे!

आफिसर : (टाइपिस्ट से) एण्ड योर अर्लियेस्ट पासिबुल रिस्पान्स विल बी हायली एप्रीसिएटेड—योर्स, एट्सेट्रा, एट्सेट्रा: थैन्क्स ···![1]

[टाइपिस्ट चली जाती है]

(हमीद से) हमीद ! यह काण्ट्रेक्ट की काम जो मैंने तुम्हें सदानन्द से छीनकर दिया है वह किसलिए ! इसलिए कि मुझे तुम्हारी ईमानदारी पर यकीन है !

हमीद : सर ! ईमानदारी का यह सिला[2] मिलता है आदमी को ! — खैर ! कोई बात नहीं ! मजबूरन हमें भी वही करना पड़ेगा जो दूसरे करते हैं। (जाने लगता है कि आफिसर पुकारता है)

आफिसर : हमीद !

29

घर (*बैठक*) *: दिन*

[सलमा हाथ में मेहंदी लगाए बैठी है। अचानक दरवाज़े पर दस्तक होती है। सलमा दरवाज़े के पास जाकर पूछती है]

सलमा : कौन ?

जनाना आवाज : बाम्बे सेंट्रल !

सलमा : (आश्चर्य से) बाम्बे सेंट्रल ! —देखो जी ! मुझे यह

---

1. कृपया इसका उत्तर यथाशीघ्र देने का कष्ट करें आदि, आदि···धन्यवाद

2. पुरस्कार

मज़ाक अच्छा नहीं लगता! मर्दाना आवाज़ में बोलो न!

आवाज : अरे बेटा, मैं हूं।

[सलमा मेहंदीलगे हाथों से दरवाज़ा खोलती है। एक अधेड़ उम्र की औरत जो सीढ़ियों के पास सलमा से टकराई थी, कमरे में चली आती है]

औरत : (अन्दर आकर) मेरा नाम कमर सुल्ताना है। यहीं नज़दीक में ही रहती हूं। कभी-कभी चली आती हूं, ऊपर वालों से मिलने। (रुककर सलमा को देखती है)—इधर वालों से नहीं उधर वालों से··· ! और इधर वालों को तो तुम जानती ही हो!

सलमा : हां, बैठिए! (कमर बैठ जाती है)

कमर सुल्ताना : सच पूछो तो ऐसी ही औरतें हैं जो शरीफ घरों को उजाड़कर रख देती हैं। अरी, इनसे तो वही अच्छी हैं कोठे-वालियां! किसीके घर कहने-सुनने तो नहीं जातीं!—खैर, छोड़ो इन बातों को! (हाथ में मेहंदी देखकर) हाय-हाय, कितने प्यारे हैं हाथ मेहंदीरचे मेरी बन्नो के। (हाथों को चूमती है) सच, मुझे तो बहुत तरस आया। जब मैंने तुम्हें पहली बार देखा था न—बहुत तरस आया था!

सलमा : क्या बताऊं आपा! मैं यहां दिन-भर घर में अकेली। कोई भी तो नहीं, जिसके सामने अपने दुखड़े रो सकूं! यह सुबह जाते हैं तो शाम को···

कमर सुल्ताना : (बात काटकर) शाम को आते भी हैं तो क्या? ऐ! मर्द की दुनिया अलग, औरत की दुनिया अलग! ऐ—तुम दिन में मेरे यहां चली आया करो! (और हंसती है)—[सलमा को खामोश देखकर बोलती है]

मैं समझ गई तू क्या सोच रही है? वही न···!

तूने अपना समझ लिया है मुझे
मैंने अपना तुझे कहा तो नहीं।

सलमा : नहीं आपाजान! उनसे पूछे बिना···

कमर सुल्ताना: हूं! उनसे पूछे बिना! यही है न हम औरतों की मुसीबत! यह मर्द काले मुंह वाले, अपना सब कुछ इनके हवाले!

सिजदा करना उसे रवा तो नहीं,[1]
वह भी इन्सान है खुदा तो नहीं।

कौन है जो आखिर उम्र तक औरत का साथ देता है! जब वह नौ महीने तक उसका बच्चा पेट में उठाती है और खाक वो खून में लिथड़कर उसे इस दुनिया में लाती है तब वह कहां होता है!

सलमा : वह तो? ···

कमर सुल्ताना : (बात काटकर) अब हटा न। आखिर औरत ही औरत के काम आती है। तू इतना घबराती काहे को है। तेरी उम्र की बेटियां हैं मेरी। तेरे मियां के आने से पहले मैं खुद तुझे छोड़ जाऊंगी। चल उठ!

सलमा : अच्छा आपा! मैं हाथ धो लूं।

[सलमा हाथ में लगी मेहंदी झाड़ते हुए उठती है और हाथ धोने चली जाती है। कमर सुल्ताना उसे जाते हुए विजयी नज़रों से देखती है]

गली : दिन

---

1. उसकी आराधना करना उचित नहीं

[मरातिब दूकान पर बैठा सीढ़ियों से सलमा को कमर सुल्ताना के साथ देखता है और कमर को आंख मारकर ले

"वह भी इन्सान है, खुदा तो नहीं..." (शकीला बानो भोपाली और रेहाना सुल्तान)

सलमा क़मर सुल्ताना के घर में

जाने का इशारा करता है। सलमा और कमर सीढ़ियों से उतरकर फुटपाथ से जाने लगती हैं। मरातिब गाना गाता हैं—]

"कयामत कहीं से चली आ रही है !"

30

कमर का घर : दिन

[सलमा कमर सुल्ताना के साथ उसके घर के दरवाज़े पर पहुंचती है। अन्दर से गाने की आवाज़ें आ रही हैं। सलमा गाने की आवाज़ सुनकर ठिठकती है और रुक जाती है]

कमर सुल्ताना : आओ बेटी, आओ !

[कमर सुल्ताना सलमा को लिए हुए घर के अन्दर दाखिल होती है और सलमा को एक जगह छोड़कर उस कमरे की तरफ जाती है जहां से गाने की आवाज़ आ रही है। एक कमरे में दो लड़कियां गाना-नाचना सीख रही हैं]

कमर सुल्ताना : (गानेवाली लड़की के पास जाकर) बन्द करो ! मैं तुमसे कै बार कह चुकी हूं मुर्दार ! (दरवाज़ा बन्द करके सलमा की तरफ पलटती है और आती है) जो जी में आता है करती रहती हैं। (सलमा के पास आकर) मेरी बेटियां हैं ! बस दिन-भर यू ही हुल्लड़ मचाती रहती हैं—(सलमा से)—बैठो, बैठो—बैठो !

[दोनों लड़कियां खिड़की से छुपकर सलमा को देख रही हैं]

सलमा : गाना सीख रही हैं?

कमर सुल्ताना : सिखाना पड़ता है, कहीं तो कुबूली जाएं! यह मर्द की ज़ात औरत में देखती तवायफ है और बनाती है बीवी!

सलमा : मगर मेरे तो चश्मे-बद्दूर ऐसे नहीं हैं!

कमर सुल्ताना : अरे बन्नो! अभी तुम्हारा बिगड़ा ही क्या है?

"बरस, पन्द्रह या कि सोलह का सिन,
जवानी की रातें, मुरादों के दिन,,

ज़रा यह दिन ढलें, मेरी उम्र की हो जाओ, तब बात करना मुझसे, कोई पूछेगा भी नहीं।

सलमा : हाय अल्लाह! क्या सब मर्द ऐसे ही होते हैं?

कमर सुल्ताना : सब! यह सब घर उन्हीं के बसाए हुए हैं बेटी! मैं तो कहती हूं, यह हमारी इज़्ज़त का मज़ाक उड़ाते हैं तो हम क्यों न इनकी इज़्ज़त को मुंह चिढ़ाएं···सुना है तुम बहुत अच्छा गा लेती हो।

सलमा : ऐसे ही बस आपा! गुनगुना लेती हूं।

कमर सुल्ताना : ऐ वाह! सुब्हान अल्लाह! तब तो तुम लूट सकती हो इन मर्दों को!

[पीछे का दरवाज़ा अचानक धड़ से खुलता है। कमर पलटकर देखती है। एक लड़की घबराई, सहमी हुई दरवाज़े में खड़ी है और पानी-पानी की आवाज़ करती है। लड़की के चेहरे पर सिगरेट से दागे गए निशान हैं। लड़की आकर कमर के पैरों पर गिर जाती है। कमर झटके से खड़ी होती है। साथ में सलमा भी खड़ी हो जाती है। जिस दरवाज़े से लड़की आती है उसी दरवाज़े में एक आदमी आकर रुक जाता है। ऐसा लगता है यह आदमी उस लड़की का पीछा करते आया है।

उसके हाथ में जलता हुआ सिगरेट है]

कमर सुल्ताना : (लड़की से) क्या है?

लड़की : (हांफते हुए) आप जो भी कहेंगी मैं वही करूंगी।

[अचानक बाहर के दरवाज़े की तरफ से आवाज़ आती है]

आवाज : शमशाद ! सुनो शमशाद !

[कमर के साथ सलमा भी पलटकर उस तरफ देखती है। एक आदमी बरामदे में खड़ा है। सलमा पहचान लेती है कि यह वही आदमी है जिसकी तस्वीर उसके अब्बा की तस्वीर के पास हमीद ने लगाई है। वह शमशाद के नाम पर भी चौंकती है]

कमर सुल्ताना : कौन शमशाद? कहां की शमशाद?

[सलमा यह सब देखकर भागती है। कमर जो असल में शमशाद है, उसका पीछा करती बरामदे तक जाती है]

कमर सुल्ताना : सुनो बेटी! सुनो तो—सलमा, मेरी बात तो सुनो ! (और सलमा का हाथ पकड़ लेती है)

[सलमा शमशाद का हाथ छुड़ाकर भाग जाती है। शमशाद पलटकर उस आदमी के पास आती है जिसने शमशाद कहकर आवाज़ दी थी, और उसे दोनों हाथों से पीटना शुरू कर देती है]

शमशाद : मुए पटकी पड़े! तुझे भी अपना काला मुंह लेकर आज ही आना था !

आदमी : अरे-रे-रे ! मैं तो···

शमशाद : मैं तो का बाप !

सड़क—गली

[सलमा सड़कों से भागती गली में आती है और बिल्डिंग में चली जाती है। मरातिब दूकान पर से उसे भागकर आते देखता है]

घर (बैठक)

[सलमा ऊपर आकर दरवाज़ा खोलकर अन्दर आती है और दरवाज़ा जल्दी से बन्द कर पलटती है कि उसे लगता है किसीने उसे पकड़ लिया। वह चीख मारकर दरवाज़े से लगकर खड़ी हो जाती है। कुछ देर बाद जब उसे कोई भी नज़र नहीं आता वह घूमकर देखती है, तो उसका ही बुरका दरवाज़े में फंसा मिलता है। वह दरवाज़ा खोलकर बुरका निकालती है और दरवाज़े के पास खड़ी होकर इत्मीनान का सांस लेतीं है।—अचानक उसकी नज़र दीवार पर लगे फोटो पर जाती है। जोकि वही है जो शमशाद के यहां आया होता है। वह झपटकर जाती है और फोटो को उतारकर ज़मीन पर पटकती है। पैरों से रौंदती है और बेडरूम की तरफ चली जाती है]

घर (बेडरूम)

[सलमा हाथों से मुंह को छुपाए रो रही है। हाथ खोलती है। मेहंदीलगे हाथों पर चन्द आंसू की बूंदें हैं। वह मुट्ठी बंद कर लेती है। नज़र घड़ी पर जाती है जो बन्द है। वह जाकर घड़ी की सुई बढ़ाती है।···दरवाज़े पर दस्तक होती है। वह

सलमा भागी हुई घर में आती है, दरवाजा बंद करती है तो उसका बुरका उसमें अड़ जाता है। वह समझती है—पकड़ी गई।

दरवाज़ा खोलने के लिए बैठक की तरफ जाती है]

बैठक (कारीडोर) : शाम

[हमीद दरवाज़े के बाहर खड़ा है। वह बड़ा खुश नज़र आ रहा है]

हमीद : अरे चमन में तेरे फूल खिलें··· ! वाह, क्या चमन है! अरे दरवाज़ा खोलो! (और दस्तक देता है)

[सलमा दरवाज़े के पास आकर खड़ी होती है। हमीद आहट पाकर शरारत से कोडवर्ड बोलता है।

हमीद : चर्च गेट···

[सलमा चौंकती है]

घाट कोपर, चिंचपोकली···

[सलमा आज दूसरे स्टेशनों का नाम सुनकर घबरा-सी जाती है]

भायखला रोड··· (हमीद हंसता है) अच्छा बाबा, अच्छा! बाम्बे सेण्ट्रल, सुगरा बी···

[सलमा दरवाज़ा खोल देती है। हमीद कहते हुए दाखिल होता है]

···ताजदार खां, इरशाद मियां!

[हमीद उसे खाने का डिब्बा देता है। वह नहीं लेती। बेरुखी से उसे उसका कपड़ा देती है और नाराज़गी से आगे बढ़ती है कि हमीद उसका अन्दाज़ ताड़ जाता है]

हमीद : क्या हुआ मैना?—(ज़मीन पर पड़े फोटो को देखकर) अरे-रे-रे! ऐसी भी क्या नफरत!

[टेबल पर ऐश-ट्रे उल्टा पड़ा है। सलमा पलटकर सीधा कर देती है]

हमीद : (जूता खोलते हुए) सलमा! अब अपने भी दिन पलटने वाले हैं। कहते हैं, जब किसीके अच्छे दिन आते हैं तो उसके सिर पे मोर बैठा नज़र आता है, और बुरे दिनों में कौवा! —तुम्हें क्या दिखाई देता है?

सलमा : (गुस्से से पलटकर) कबूतर! मुझे तुम्हारे सर पे कबूतर बैठा हुआ दिखाई देता है! काले मुंह वाले, तुम एक औरत की इज़्ज़त नहीं बचा सकते? उसे इस दोज़ख से निजात नहीं दिला सकते?

हमीद : यह आज हुआ क्या है तुम्हें? (पास आ जाता है)

सलमा : अभी तक तो कुछ नहीं हुआ, पर कल-कला को कुछ हो गया तो यह मत कहना कि यह लड़की थी ही ऐसी! यह देखो—मेहंदीरचे मेरे हाथ, तुम्हारे आगे जोड़ती हूं! तुम्हारे पांव पड़ती हूं, मुझे यहां से ले चलो! (रुआंसी हो जाती है)

हमीद : चलो!

सलमा : कहां?

हमीद : वहीं! गांव। तुम्हारे अब्बा के पास छोड़ आता हूँ। (सलमा रोने लगती है)

और क्या! यह रोज़-रोज़ का फज़ीहता!

सलमा : छोड़ दो, बेशक छोड़ दो! मैं तो शुरू से ही तुम्हारे लायक नहीं थी।

हमीद : अरे-रे-रे! हमेशा के लिए नहीं।

[सलमा रोना धीमा करती है]

साहब ने महीने की छुट्टी दी है।

सलमा : (खुश होकर) नहीं।

हमीद : सच! तुम कहोगी तो छुट्टी बढ़ा देंगे। कहोगी तो नौकरी

ही छोड़ देंगे।

सलमा : (हमीद से लिपटकर) तुम्हारे बच्चे जिएं!

हमीद : हमारे बच्चे!

[सलमा शरमाकर उससे अलग हो जाती है]

सलमा : धत्! मेरा मतलब है साहब के बच्चे!

[सलमा शरमाते हुए बेडरूम के दरवाज़े के पास जाकर खड़ी हो जाती है]

सलमा : (नज़रें नीची करके) अपने भी तो होंगे। नहीं तो मैं अजमेर शरीफ चोटी बांधूंगी, मन्नत मांगूंगी! कितने चाहिए? बोलो!

[हमीद हंसता है। सलमा दौड़कर आती है और उसका गाल चूम लेती है]

सलमा : मुझे तुम्हारे सिर पे बुलबुल दिखाई देती है!

[हमीद ज़ोर-ज़ोर से हंसने लगता है]

बेडरूम : *शाम*

[सलमा बेडरूम में सभी सामान इकट्ठा कर रही है जाने की तैयारी में। फिर कुछ सोचकर बैठक में जाती है, जहां हमीद बैठा है]

घर (*बैठक*) : *शाम*

[बैठक में हमीद कुर्सी पर बैठा है। सलमा आती है और हमीद का माथा चटाख से चूम लेती है]

सलमा : मुझे तो तुम्हारे सिर पे 'हुमा' बैठा दिखाई देता है।

[हमीद हंसता है। सलमा जाने लगती है कि हमीद उसे बांह से

पकड़ लेता है]

हमीद : मैं नहीं जानता था कि लड़कियां मैके जाते हुए इतनी खुश होती हैं!

सलमा : (हाथ छुड़ाकर) तुम तो बौड़म हो, एकदम बुद्धू!—फिर जब वह ससुराल आती हैं तो उनकी चाल देखी है! (और गरारा पकड़कर लहरा जाती है। जभी उसे कुछ याद आता है)

सलमा : यहां तो ज़ेवर-छल्ला, सब खो गया!—पर कोई बात नहीं, अब्बा फिर बनवा देंगे! फिर हाथों में कड़े, पांव में छड़े, छम-छम करती आऊंगी! (और थिरकती हुई आईने के पास जाती है। उसमें देखती है तो उसे दुल्हन का चेहरा दिखाई देता है)

सलमा : (रोती हुई) फटकी पड़े इस बम्बई शहर पर! इसने तो ढब से मुझे दुल्हन भी नहीं बनने दिया!—हम गांव जाएंगे! वहां छोटी सुगरा है न, बहुत चुड़ैल है। उसे मुंह मत लगाना! (वह मैना के पिंजरे के पास जाती है)

सलमा : हम आज़ाद हो रहे हैं न।

[पिजड़ा खोलकर खिड़की की तरफ जाती है। हमीद कुर्सी पे बैठा उसे देखकर मुस्कराता रहता है। सलमा पिंजड़ा खिड़की पर रखकर खोलती है और मैना को उड़ा देती है]

[रेलगाड़ी धुआं उड़ाती जा रही है]

31

गांव की सड़क : दिन

[देहात की सड़कों पर एक तांगा चला आ रहा है। हमीद और सलमा उसमें बैठे हैं। दोनों बहुत खुश हैं। एक लड़का तांगे के पास से गुज़रता है। सलमा देखती है]

सलमा : (पुकारकर) मुकुन्दी !

[लड़का पलटकर देखता है। दोनों एक-दूसरे के पास भागते हैं]

मुकुन्दी : कैसी हो बहन ?

सलमा : तुम कैसे हो भैया ? ···राधा चाची, अब्बा ?

मुकुन्दी : सब ठीक हैं ! ··· (सलमा की आंखों में आंसू देखकर)अरे, पागल हो गई है !—(हमीद को देखकर दौड़ता है) जीजाजी ! (पास पहुंचकर हमीद के पांव छूता है) पायलागी जीजाजी ! आपने मेरी बहन को ठीक तो रखा न !

[सलमा भी आ जाती है]

हमीद : (हंसकर) तुम पूछ लो !

सलमा : तुम जा कहां रहे हो मुकुन्दी ?

मकुन्दी : बम्बई। यह सब शहर जा रहे हैं न। मेरी नौकरी लग गई है। अच्छा, मेरी गाड़ी छूट रही है। (जेब से एक रुपये का नोट निकालकर हमीद को देता है)

हमीद : अरे-अरे ! यह क्या ?

मुकुन्दी: आप मेरे जीजाजी नहीं ? मेरे दूल्हा भाई नहीं ? मैं गरीब हूं न—अच्छा सलमा ! अगर जीजाजी की सेवा न की तो पीटूंगा, हां !

[मुकुन्दी चला जाता है। सलमा तांगे में बैठती है और तांगा चल देता है]

गांव (घर के पास) : दिन

[लड़कियां और लड़के खेल रहे हैं। लड़की हाथ की उंगली पर गिनाती है]

लड़की : छोटी उंगली कहती है, बियाह करो, बियाह करो। दूसरी उंगली कहती है, कहां से करें, कहां से करें ?तीसरी उंगली कहती है, कर्ज़ लो, कर्ज़ लो—कहां से देंगे, कहां से देंगे ?—जिएंगे तो देंगे, जिएंगे तो देंगे, जिएंगे तो देंगे, जिएंगे तो देंगे !

[वह अंगूठा दिखाकर कहती है कि एक लड़का उसका हाथ पकड़ लेता है।—तांगे के आने की आवाज़ आती है। लड़की पलटकर देखती है। हमीद और सलमा उतर रहे हैं। लड़की भागकर जाती है]

लड़की : आपा ! दूल्हा भाई, डन डना डन, डन डना डन !

[लड़की सलमा से लिपट जाती है और फिर हंसते हुए हमीद से लिपटकर भागती है। हमीद उसे पुकारता है]

हमीद : अरे सुगरा !—!

[सुगरा दुपट्टा छोड़कर भाग जाती है। हमीद के पुकारने पर भी जब वह लौटकर नहीं आती तो हमीद दुपट्टा शेरवानी की जेब में रख लेता है।—तांगेवाला उसे सामान उतारकर देता है]

तांगेवाला : यह लो बेटा !

[हमीद तांग़ेवाले को जेब से पैसे निकालकर देता है]

हमीद : यह लीजिए रमज़ान मियां !

रमजान मियां : न भैया! तुम गांव के दामाद, मुझे गुनहगार मत बनाओ! (और चला जाता है)

[हमीद और सलमा सामान उठाने के लिए झुकते हैं कि एक बूढ़ा आता है]

बूढ़ाः अरे! बिटिया रानी!

सलमा : पायलागी चाचा!

बूढ़ा : जीती रहो, जीती रहो! मेरी रानी बिटिया!

[बूढ़ा आशीर्वाद देता है—एक बूढ़ी औरत आती है। बूढ़ा चला जाता है]

बूढ़ी औरत : सलमा बिटिया है क्या?

गांव का घर : दिन

[सुगरा घर में दौड़ते हुए आती है। अब्बाजान वज़ू कर रहे हैं]

सुगरा : आपा आ गई। और साथ में दूल्हा भाई भी आए हैं!

[सुगरा दूसरा दुपट्टा उठाकर भाग जाती है। अब्बाजान उसे पुकारते रह जाते हैं]

अब्बाजान : अरे सुगरा! मेरी छड़ी कहां है? (मगर सुगरा नहीं सुनती)

गांव का घर : दिन

[सलमा सामान लिए हुए घर में दाखिल होती है—अब्बाजान बाहर जा रहे होते हैं कि सलमा सामने मिलती है। वह सामान रखकर अब्बा से लिपट जाती है]

सलमा : अब्बाजान!

अम्बाजान : सलमा बेटी! बेटी!

सलमा : मुझे परदेस भेज दिया अब्बाजानी! क्या मेरे लिए आपके घर दो रोटियां भी नहीं थीं?

अब्बाजान : नहीं बेटी, नहीं, नहीं!

[हमीद आकर सामान रखता है]

हमीद : चचाजान! आदाब अर्ज़ करता हूँ!

[अब्बाजान सलमा को छोड़कर हमीद की तरफ बढ़ते हैं और हमीद को लिपटा लेते हैं]

अब्बा : जीते रहो, जीते रहो बेटे, तुमने खत क्यों नहीं लिखा! वल्लाह, देखो मेरे हाथ!

[औरतें सलमा को अलग ले जाकर हालचाल पूछ रही हैं]

एक: हाय, क्या हो गया मेरी फूल ऐसी बेटी को? बम्बई में खाना नहीं मिलता क्या?

[सब हंसती हैं। कुछ लड़कियां सलमा को अलग ले जाकर कान में कुछ कहती हैं। सलमा शर्माकर उन्हें थपक देती है]

32

घर (बैठक) : रात

[अब्बाजान, सलमा, सुगरा व हमीद बैठक में आग के पास बैठे हैं]

ताजदार : कभी हमारे संगीत की कद्र होती थी! बड़ी-बड़ी मज-

लिसों में बुलाए जाते थे। और हम ताजदार खां उस्ताद कहे जाते थे। मगर जब से यह ठीहा-ठप्पा संगीत शुरू हुआ हम ताज़ा मियां होकर रह गए हैं!

[सुगरा हमीद के कान में तिनका करती है]

सलमा : नहीं अब्बा, कुछ लोग अब भी··· (और पलटकर सुगरा को डांटती है) क्या कर रही हो सुगरा?

सुगरा : मेरे दूल्हा भाई हैं! जो जी चाहे करूं!

सलमा : ऐ नौज! इतनी बड़ी हो गई, शर्म नहीं आती!

सुगरा : आपा, मैंने किया क्या है? ठीक है, तेरा मियां है तू संभाल के रख किसी डिबिया में! —बात भी नहीं करूंगी मैं अब इनसे! (और रूठकर खम्भे के पास जाकर खड़ी हो जाती है)

सलमा : लाहौल विला! —ऐसी कुफ की कह दी और ऊपर से रोने भी लगी!

अब्बा (ताजदार) : यही है इसका! एक पल में रोती है दूसरे में हंसती है!—जवान हो गई है!

[सुगरा सुनकर निगाहें नीची कर लेती है]

हमीद : (सुगरा को देखकर) करते हैं इसका बन्दोबस्त! (हंसने लगता है)।

[सुगरा शरमा जाती है और हमीद को धप्पा मारकर भाग जाती है]

33

खेतों और बागों में : दिन

[सलमा और हमीद खेतों और बागों में एक-दूसरे का हाथ पकड़े भाग रहे हैं। वे बहुत खुश हैं। दोनों खुली फिज़ा में हंसते हैं, भागते हैं। सलमा हाथ छोड़कर ज़ोर से भागने लगती है कि ठोकर लगने से गिर जाती है। हमीद हंसता है और बढ़-कर उठाता है]

बम्बई का घर

[हमीद और सलमा देहात में खुश हैं, मगर मैना घर में आती है—कभी खिड़की पर बैठती है, कभी पलंग पर, और बोलती है, "ऐ तुम आ गए—बाम्बे सेण्ट्रल"]

देहातों में खेत और बाग

[हमीद और सलमा भागते हुए एक झाड़ी के पास जाते हैं और ओट में होकर प्यार में जैसे ही मिलना चाहते हैं कि सुगरा की आवाज़ सुनकर चौंकते हैं]

सुगराः दूल्हा भाई ···ई···ई! (पुकारती है और उन्हें कहीं न पाकर घर लौट जाती है)

34

दूसरे घर को बरामदा : दिन

[सुगरा और उसकी सहेलियां हंसती हुई ज़मीन पर बैठ जाती हैं]

एक: सच्ची सुगरा! तेरे जीजाजी बहुत सुन्दर हैं!

सुगरा : नहीं! मैं तुझे क्या बताऊं रत्नी–जब दूल्हा भाई हंसते हैं तो मेरी तो जान ही निकल जाती है! (भाव बदलकर) जितने वह अच्छे हैं, आपा उतनी ही खुर्राट। कहीं मैं उनके पास बैठूं तो आपा···

एक औरत: (पीछे से आकर) तुझे कव्वाली में नहीं जाना है? ज़ीनत और नजमा कब से तेरा इन्तज़ार कर रही हैं!

सुगरा: (उठकर) उई अल्लाह! मैं मर गई! मैं अभी जाती हूं कव्वाली में! (और चली जाती है)

ताजदार खां के घर को बरामदा : दिन

[सुगरा कव्वाली के लिए जा रही है कि बरामदे में हमीद बैठा हुक्का ठीक करता दिखाई देता है। वह पुकारती है]

सुगरा : दूल्हा भाई—! (और आकर हमीद से लिपट जाती है)

हमीद : अरे-रे-रे-रे! सौदाइन हो गई हो क्या?

सुगरा : कल ईद है न। हम सब लड़कियां कव्वाली करने जा रही हैं। आज उसकी हरिसल है। (और हंसते हुए भागती है। दरवाज़े के पास रुककर हमीद को आवाज़ देती है) दूल्हा भाई—(और आंख मारती है कि सलमा आ जाती है।

उसकी हरकत देखकर सलमा उसे एक थप्पड़ मारती है)

हमीद : (डांटकर पास आते हुए) सलमा!

[सुगरा रोती हुई एक तरफ चली जाती है]

सलमा : मुई, निगोड़ी, नदीदी[1] अजीब-अजीब हरकतें सीखती जा रही है!

हमीद : बच्ची है, उसे क्या मालूम?

सलमा : तुम्हें बच्ची नज़र आती है। मैं तो अब्बा से कहती हूं— कोई भी लड़का देखकर दफान करें यहां से! (वह चली जाती है)

हमीद : मुझे तुम्हारी यह हरकत ज़रा भी पसन्द नहीं! (और दरवाज़ा बन्द करते हुए खुद भी चला जाता है)

रसोई

[सलमा रसोई में आती है। राशन के डिब्बों को खोलकर देखती है। मगर किसी डिब्बे में अनाज नहीं है। वह चिंतित हो जाती है]

सुनार की दूकान : दिन

[सुनार की दुकान पर ताजदारखां अपना मैडल बेच रहे हैं। सुनार मैडल को परखता है। हमीद रास्ते से गुज़र रहा है। कि ताजदार पर नज़र पड़ती है। वह रुककर देखने लगता है]

सुनार : इसमें तो आधे से ज़्यादा खोट है खान साहब!

ताजदार : कुछ तो है पांसे का सोना। जो भी है गनीमत है! शादी

1.निर्लज्ज

के बाद पहली बार दामाद एक खुशबू की तरह आया है। अपनी तकदीर, कि ऊपर से ईद आ गई।

[हमीद सुनार और ताजदार की बातें सुनकर वापस चला जाता है]

घर : *दिन*

[सलमा बैठी है। हमीद उसे हाथ पकड़कर उठाता है]

सलमा : मैं बम्बई नहीं जाऊंगी!

हमीद : इधर आओ! मैंने जो देखा है वह तुमने नहीं देखा सलमा! चचाजान आज··· (ताजदारखां को वहीं खड़े पाकर रुक जाता है)

ताजदार : बम्बई जाने की बातें हो रही हैं। इतनी जल्दी भी क्या थी!

[सलमा चली जाती है। ताजदार हमीद के साथ बात करते हुए बैठक में आ जाते हैं और सलमा उनकी बातें छुपकर सुनती है। ताजदार चौकी पर बैठ जाते हैं और हमीद दीवार से लगकर खड़ा हो जाता है]

हमीद : जी! वह छुट्टियां खतम हो गईं न चचाजान!

ताजदार : हां! हां! भला हो इस रोजी-रोटी का···! यह दो होंठ जो हमेशा साथ रहते हैं, लुक्मा मुंह में जाता है तो यह भी जुदा हो जाते हैं।

35

बेडरूम : रात

[सलमा और हमीद सोए हुए हैं। सलमा को ख्वाब दिखाई देता है। ख्वाब में उसे कभी नकाबपोश, कभी सांप, कभी मैना पलंग पर, कभी पिंजड़े पर, कभी सितार बजाते हुए उंगलियों से खून, दरवाज़े पर दस्तक, फिर दुबारा दस्तक और फिर तीसरी बार दस्तक, और फिर सुगरा उसे उसके कमरे में आती दिखाई देती है।—सलमा सिसकियों की आवाज़ सुनकर जागती है। लैम्प तेज़ करती है। हमीद भी सोते-सोते जाग जाता है।

हमीद : सुगरा!

[सुगरा ज़मीन पर पलंग के पास बैठी रो रही है।

क्या हुआ मैना?

[सुगरा हमीद से लिपट जाती है। सलमा उठकर आती है।

सलमा : तु यहां क्या कर रही है?

[सुगरा को अलग करती है]

हमीद : मालूम होता है डर गई है।

[सलमा शक की निगाहों से उसे देखती है कि ताजदार की आवाज़ आती है।

ताजदार : अरे सुगरा, पानी!

सलमा : चल, अब्बा बुला रहे हैं!

[सुगरा को सलमा दरवाज़े से बाहर करके दरवाज़ा बन्द कर लेती है।

हमीद और सलमा देहात की सड़क पर तांगे में

नायिका का बाप उस्ताद ताजदार खां (निरंजन शर्मा) और बहन सुगरा (भानुमती) नायिका के पीछे। सलमा को गांव छोड़ना पड़ता है।

36

बम्बई (बैठक) : शाम

[दोनों बम्बई पहुंचकर घर में जाते हैं। सलमा बत्ती का बटन दबाती है मगर बत्ती नहीं जलती]

सलमा : अरे! रोशनी नहीं है!

हमीद : (खांसते हुए) वह बिल नहीं भरा इसलिए बिजली कट गई होगी। या शायद मरातिब ने कुछ···!

[जमीन पर मैना मरी पड़ी है। हमीद की नज़र उसपर जाती है]

हमीद : तुम अन्दर जाग्रो–जाग्रो भी! मैं बाज़ार से मोमबत्ती लेकर आता हूं।

[सलमा बेडरूम में चली जाती है। हमीद मैना को उठाकर खिड़की से बाहर फेंक देता है और वापस बाज़ार चला जाता है]

37

(बैठक) : दिन

[हमीद बैठक में कुछ सोचते हुए बैठा है। सलमा बेडरूम के दरवाज़े से खड़ी हो चंचलता से हमीद को देखती है और रसोई की तरफ किसी शरारत से चली जाती है।''वापस

लौटती है। हाथ पीछे छुपाए हमीद के पास जाती है और उसके गालों पर कालिख लगा देती है तथा बेडरूम में वापस भाग जाती है। हमीद गाल को उंगलियों से पोंछता है और आईने के पास जाकर मुंह देखता है। कालिख लगी देख मुस्कराता है]

३८

(बैठक) : रात

[हमीद और सलमा सो रहे हैं। दरवाज़े पर दस्तक होती है। हमीद उठकर दरवाज़े की ओर जाने लगता है। सलमा उसका हाथ पकड़कर रोकती है]

सलमा : देखो, लड़ना मत, तुम्हें मेरी कसम लगे!

बैठक

[हमीद दरवाजा खोलता है। बाहर एक आदमी खड़ा है]

आदमी : अस्सलाम वालेकुम!

हमीद : कहिए?

आदमी : मैं जानता हूं अब शमशाद बेगम यहां नहीं रहती है।

हमीद : तो?

आदमी : अन्दर आने की इजाजत हो तो अर्ज करू!

हमीद : आइए।

[हमीद और आया हुआ आदमी अन्दर आते हैं। आदमी

कुर्सी पर बैठ जाता है। हमीद मोमबत्ती जलाता है]

हमीद : बात दरअसल यह है कि यहां अक्सर मवाली लोग ही आते हैं। और प्रापः••

आदमी : हां, यह तो मुहल्ला ही बदनाम है। मैं तो चुपके से आता हूं, लड़की उठाता हूं और यहां से बीस मील दूर ले जाता हूं। जहां अपना बंगला है।

हमीद : अच्छा!

[सलमा बेडरूम के दरवाज़े की ओट से दोनों की बातें सुन रही है]

(आदमी को सिगरेट का पैकेट दिखाकर) शौक फरमाएंगे?

आदमी : जी नहीं, शुक्रिया!

हमीद : लड़की पसन्द है! (और सलमा की तरफ आंखों से इशारा करता है)

आदमी : माशाअल्लाह! माशाअल्लाह! नूरुल अला नूर! चांद का टुकड़ा है!

हमीद : चांद पे पहुंचना जरा मुश्किल है भाई साहब!

आदमी : श्राप पैसों की फिक्र न करें। (जेब से सौ-सौ के दो नोट निकालकर देता है)

हमीद :(रुपये ले लेता है) शुक्रिया!—कुछ पिएंगे?

आदमी : (सलमा की तरफ देखकर) बस, हम तो आंखों की ही पीते हैं।

हमीद : अच्छा! पीते हैं आंखों की: :: (झुककर जूता उठाता है और मारने लगता है)—और खाते हैं पांव की!

आदमी : मेरी बात तो सुनिए!

[मगर हमीद मारता ही रहता है। सलमा घबराई हुई अन्दर

आती है। हमीद सलमा को आदमी के दिए हुए रुपये देता है]

आदमी : (पेट पकड़े हुए) मेरी बात तो सुनिए!

हमीद : तुम्हारी बात' :: (और मारता है)

[हमीद उस आदमी को बाहर खींचकर लाता है। दूसरे कुछ लोग उस आदमी को छुड़ाने आते हैं।

बैठक

[सलमा परेशान है। वह नोटों को खिड़की से बाहर फेंक देती है जिसे एक लड़का लेकर भाग जाता है]

कारीडोर और सीढ़ियों के पास

[हमीद लोगों से भिड़ा है कि एक आदमी आता है।

आदमी : बहुत हो गया! अब चलो थाने।

हमीद : तुम क्या चलोगे थाने, मैं खुद चलता हूं-चलो!

गली

[हमीद और भीड़ उस आदमी को लेकर सीढ़ियों से उतरते हैं। मरातिब पुलिस के साथ आता है]

मरातिब : यह देखिए इन्स्पेक्टर साहब! यह लुंगीवाला!

दूसरा आदमी : (हमीद से) छोड़ दीजिए इन्हें।

हमीद : छोड़ कैसे दें! —हम शरीफ गृहस्थी लोग और ये बुरी नीयत वाले! ··· दूसरा

आदमी : मैं कहता हूं छोड़ दीजिए इन्हें!

हमीद : क्या मतलब है आपका?

इन्स्पेक्टर : यह ऐंटीक्रप्शन के लोग हैं। और यह इन्स्पेक्टर साहब। (दूसरे आदमी की तरफ जो सादी वर्दी में है, इशारा करके) (फिर मार खाए हुए आदमी से) तुमने अपना बिल्ला क्यों नहीं दिखाया?

आदमी : मैंने बड़ी कोशिश की, लेकिन…

सादी वर्दी वाला : (हमीद से) आपके खिलाफ इस-उसकी रिपोर्ट आती थीं कि आप चोरी-छिपे धंधा करते हैं। इसलिए पुलिस ने इन्हें ग्राहक की सूरत में भेजा था।

[सलमा खिड़की से झांककर देखती है।

हमीद : पुलिस ने?

सादी वर्दी वाला : लेकिन घबराइए नहीं! अब सब साबित हो चुका है कि वे सब रिपोर्ट गलत थीं।

[शाहिद मियां आते हैं]

शाहिद मियां : मैं आपसे कह नहीं रहा था इन्स्पेक्टर साहब!

सादी वर्दी वाला : (हमीद से) मेरा आपको मशविरा है कि कोई और जगह ढूंढ़ लीजिए। इससे पहले कि कानून आपकी मदद को पहुंचे—हो सकता है कि

हमीद : इन्स्पेक्टर साहब! पूरी कोशिश करूंगा! लेकिन जब तक…

इन्स्पेक्टर : अच्छा, ठीक है। (एक कांस्टेबल से) गवाले! आज से तुम्हारी यहां ड्यूटी है, समझे!

[गवाले सैल्यूट मारकर बिल्डिंग के गेट पर खड़ा हो जाता है]

इन्स्पेक्टर : (भीड़ से) अरे! चलो भई, चलो! यहां कोई तमाशा है क्या?

[भीड़ तितर-बितर हो जाती है।

39

कंस्ट्रक्शन (उसारी) : दिन

[एक मैदान में दो आदमी मेज़ के साथ कुर्सी पर बैठे हैं। हमीद उनके पास खड़ा है। पास में ही बिल्डरों बन रही हैं]

हमीद : मैं जैसे-कैसे भी हज़ार रुपये का बन्दोबस्त करूंगा मलानी साहब ! मकान रोकिए।

मलानी : रोकेंगा ! पर वड़ी बोहोत टैम तक नहीं रोक सकेंगा !

हमीद : हफ्ता। सिर्फ एक हफ्ता। तरस खाइए मुझ गरीब पर !

मलानी : ठीक है।

हमीद : अच्छा ! नमस्ते !

[हमीद जाने लगता है कि मलानी उसे बुलाता है]

मलानी : सुनो ! तुम्हारा नाम क्या है ?

हमीद : (पास आकर) जी—मेरा नाम नन्दकिशोर है—नन्दकिशोर !

मलानी : ठीक है—आज नौ तारीख है। वड़ी हम तुमको 16 तारीख तक देखेंगा !

हमीद : जी—16 तारीख पक्की ! अच्छा ! (और चला जाता है)

(कार्पोरेशन आफिस) : दिन

[हमीद आफिस में गम्भीर मुद्रा में बैठा है। एक चपरासी उसे चिट्ठी लाकर देता है। हमीद लिफाफा फाड़कर चिट्ठी निकालकर पढ़ता है।

हमीद मियां!

सुगरा की शादी त हो गई है। लड़का एक वकील का क्लर्क है। जैसे-कैसे भी हो हज़ार-पांच सौ का बन्दोबस्त कर दो, वरना लड़का हाथ से जाता रहेगा।

तुम्हारा
ताजदारखां

हमीद चिट्ठी पढ़कर चिंतित हो जाता है। एक बुड्डा क्लर्क उसके पास आता है।

बूढ़ा : हमीद मियां! लाटरी का रिज़ल्ट देखा?

[हमीद की तरफ अखबार बढ़ाता है। हमीद बेरुखी से अखबार एक तरफ रख देता है।

हमीद : (बूढ़े से, चारों तरफ देखकर) सीताराम जी! कुछ पैसे दे सकते हैं?

बूढ़ा : पैसे! (सीताराम बूढ़ा हाथों को हमीद के मुंह पर लाता है) मेरे हाथों में है कोई पैसे की लकीर?

[हमीद बूढ़े के हाथों के साथ पीछे हटता जाता है। बूढ़ा हंसता हुआ चला जाता है। टाइपिस्ट हमीद को दयनीय नज़रों से देखती है। हमीद सदानन्द की मेज़ पर जाता है]

हमीद : (सदानन्द के पास आकर) सदानन्द!

सदानन्द : हां!

हमीद : मैंने एक मकान देखा है।

सदानन्द : हूं।

हमीद : मालिक-मकान वही हज़ार रुपये पगड़ी मांगता है।

सदानन्द : मैंने कहा था न, बिना पैसे का मिलेगा मकान?

हमीद : तुम कुछ···!

सदानन्द : मैं कुछ नहीं कर सकता। बीस-पचास की बात हो तो दूसरी। इतना मैं हमेशा अपने पास रखता हूं—बीवी से चुरा कर!

हमीद : बीस-पचास से क्या होगा! (जाने लगता है, फिर पलटता है) सुनो!

सदानन्द : हूं!

हमीद : वो शामलदास कांट्रेक्टर तुम्हारा दोस्त है न!

सदानन्द : हां···दोस्ती मैं करूं, और फायदा तुम उठाओ!—बड़े ईमानदार बनते थे! अब रोते क्यों हो? बम्बई शहर है, यहां कुछ लोग बीवियों की कमाई खाते हैं!

[हमीद चौंकता है और चला जाता है।

[हमीद आकर अपनी मेज़ के पास बैठ जाता है। मेज़ पर एक लिफाफा देखकर खोलता है। उसमें से सौ-सौ के तीन नोट निकलते हैं। वह हैरान है कि कहां से आए। उसकी नज़र मारिया पर पड़ती है। वह मारिया के पास जाता है और रुपया वापस करता है]

हमीद : मारिया···यह?

मारिया : यह मैंने तुम्हें उधार दिए हैं।

हमीद : नहीं मारिया, मैं न लूंगा—तुमसे न लूंगा! (और जाने लगता है)

[मारिया उसका हाथ पकड़ लेती है]

मारिया : हमीद—प्लीज़!

[हमीद मारिया के अनुरोध पर पैसे लेकर वापस आ जाता है।

मारिया : "यह मैंने तुम्हें उधार दिए हैं···" हमीद और मारिया (अंजु (महेन्द्र)

हमीद शामलदास का बेचैनी से इन्तजार कर रहा है।

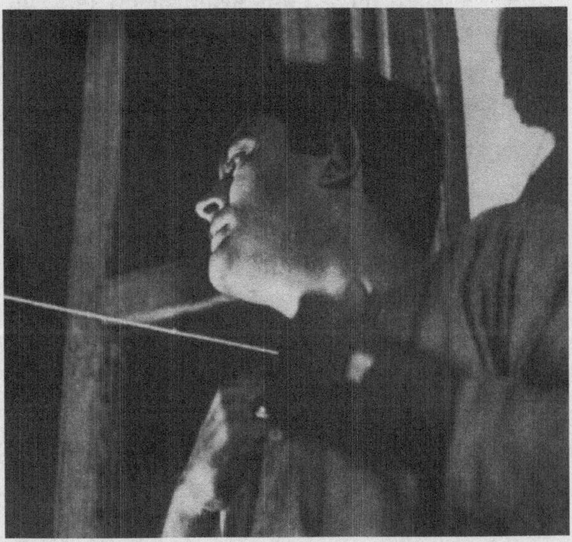

40

कंस्ट्रक्शन के पास का रास्ता : दिन

[जीप में मलानी जा रहा है। हमीद उसे रोकता है]

मलानी : पैसे लाए ?।

हमीद : (पैसे निकालते हुए) पूरे तो नहीं ला सका, मलानी साहब! बड़ी मुश्किल से 300 जमा कर सका।

मलानी : नहीं, नहीं, वड़ी नहीं! ऐसा नहीं चलेगा! आपुन को बोहोत ग्राहक लगेला है।

हमीद : देखिए! सिर्फ एक हफ्ता! मेरी इज़्ज़त का सवाल है। मैं···मैं आपके पांव··· ! (वह मलानी का पांव पकड़ लेता है)

मलानी : (हाथ से हटाते हुए) अरे! अरे! यह क्या कर रहे हो? ··· ठीक है, अगर तुम 23 तारीख तक 700 नहीं लाए तो यह भी खलास! (वह रुपये जेब में रखता है और ड्राइवर से कहता है—) चलो— !

हमीद : आप इत्मीनान रखिए।

[मलानी चला जाता है। हमीद भी जाता है]

41

गली : शाम

[गली में भीड़ जमा है। हमीद आकर शाहिद मियां से मिलता है।

हमीद : क्या हुआ, फिर कोई आदमी आया था?

शाहिद मियां : आदमी नहीं, अब की एक औरत आई थी!

हमीद : औरत?

शाहिद मियां : शमशाद बेगम, जो पहले यहां रहती थी!— घबराओ नहीं, पुलिस उसे पकड़कर ले गई।

[हमीद जाने लगता है।

ठहरो हमीद! —(अपने बेटे से) बेटा, जाओ आपा को बुला लाओ!

[सलमा बुर्का पहनकर आती है और अपने घर की तरफ चली जाती है]

हमीद : (शाहिद मियां से) शाहिद मियां, मुझे माफ कर दीजिए। मैं आपको भी—

शाहिद मियां : बस! बरखुरदार! बस!

[हमीद जाने लगता है, तभी एक घोड़ागाड़ी आकर रुकती है। गाड़ी में मरातिब और शमशाद बैठे हैं। सब गाड़ी को देखते हैं। मरातिब उतरकर दुकान पर जाता है। सलमा खिड़की में से झांककर देखती है। शमशाद बेगम को देखकर पर्दे की ओट कर लेती है]

शमशाद : (खड़े होकर) क्या देख रहे हो?–दुनिया में ज़मानत

नाम की कोई चीज़ है कि नहीं? (खिड़की में सलमा की तरफ देखकर) क्या बनती है यह लड़की! मैंने भी अगर इसको कोठे-कोठे न नचाया तो मेरा नाम भी शमशाद बाई नहीं है!

[हमीद उसे सहमी निगाहों से देखता है]

शमशाद : (घोड़ा गाड़ी वाले से) चलो! (बैठ जाती है)

[घोड़ागाड़ी चली जाती है। सब गाड़ी को जाते देखते हैं]

42

(कार्पोरेशन आफिस) : दिन

[हमीद आफिस में बैठा है। चपरासी आकर हमीद को एक लिफाफा देता है। वह लिफाफा फाड़कर चिट्ठी निकालता है और पढ़ता है :

हमीद!

सुगरा कहीं चली गई। उसका कुछ पता नहीं—और अब मेरा भी!

तुम्हारा
ताजदारखां

हमीद की परेशानी बढ़ जाती है। वह परेशान-सा बैठा है कि उसे शामलदास आता दिखाई देता है। वह शामलदास को आवाज़ देता है]

हमीद : शामलदास जी!

[शामलदास रुकता है। हमीद उसके पास जाता है]

मुझे आपसे एक ज़रूरी बात करनी है!—इधर आइए! (एक तरफ ले जाता है)

[हमीद और शामलदास को मारिया देखती है कि जिसे हमीद ने आफिस से रिश्वत देने पर निकाल दिया था, उसके सामने गिड़गिड़ा रहा है।—सदानन्द मुस्कराता है]

हमीद : शामलदास जी!—आपका काम··· देखिए, बॉस मुझपर बहुत डिपेंड'[1] करता है। मैं वह, वह···

शामलदास : कहिए, कहिए न!

हमीद : देखिए, मैं बहुत बड़ी मुसीबत में फंस गया हूं। ऐसी जगह रह रहा हूं—सदानन्द ने आपको बताया ही होगा!

शामलदास : हूं, हूं!

हमीद : मैं जैसे-तैसे भी वहां से निकल जाना चाहता हूं! (आंखें झुकाकर) आप अगर एक हज़ार का बन्दोबस्त कर दें तो वह ठेका मैं आपको दिलवा देता हूं।

शामलदास : ज़रूर, ज़रूर! मगर इस वक्त मैं पैसे साथ नहीं लाया हूं। कहिए तो घर आकर दे जाऊं!

हमीद : घर पर—जी हां, ठीक है!—वैसे मैंने बॉस से मंज़ूरी के आर्डर्स भी पास करवा लिए हैं।

शामलदास : ऐं—कहां रहते हैं आप?

हमीद : अ-अ, एक मिनट!

[हमीद मेज़ पर जाकर एक कागज़ पर घर का पता लिखकर शामलदास को लाकर देता है]

यह रहा मेरा ऐड्रस! आप किस वक्त पहुंचिएगा?

---

1. निर्भर

शामलदास : यही कोई आठ बजे के करीब!

हमीद : आठ बजे—जी हां! ठीक है। देखिए, ज़रूर पहुंच जाइएगा। आज मेरे लिए कत्ल का दिन है—पहुंच जाइएगा!

शामलदास : मिस्टर हमीद! प्रॉमिस इज़ प्रॉमिस'[1] ।

[मारिया हमीद को शामलदास से रुपये के लिए गिड़गिड़ाते देखती है। उसे बड़ा दुःख होता है और धक्का लगता है। हमीद मेज़ से खाने का डिब्बा निकालकर घर जाने लगता है। वह मारिया की मेज़ के करीब पहुंचता है तो मारिया मुंह फेर लेती है]

सड़क : शाम

[हमीद आफिस से निकलकर नीचे आता है। शामलदास छुपा खड़ा है। हमीद घर चला जाता है]

आफिस

[शामलदास फिर ऊपर आफिस में जाता है। वह आफिसर की केबिन में पहुंचता है तो आफिसर कृपलानी किसीसे फोन पर बात कर रहा है]

कृपलानी : (फोन पर) इट्स आलरेडी पास्ट सिक्स, आलमोस्ट ऐवरी बॉडी हैज़ गान, यू रिंग टुमारो मार्निंग प्लीज़![2] (फोन रख देता है)

शामलदास : माफ कीजिए, मिस्टर कृपलानी! आफिस तो बन्द

---

1. वायदा वायदा है।
2. छः बज चुके हैं, लगभग सभी लोग जा चुके हैं। कृपया कल फोन करें।

हो चुका है, लेकिन मैं पुल के कांट्रेक्ट के सिलसिले में हाज़िर हुआ था।

कृपलानी : लेकिन मैंने तो उसे मंज़ूर भी कर दिया। आर्डर भी इश्यू कर दिया है।

शामलदास : बात दरअसल यह है कि हमीद साहब घर जा चुके हैं और कल मैं हांगकांग एक महीने के लिए बिज़नेस के सिलसिले में जा रहा हूं। बेहतर होता–अगर बारिशों से पहले काम हो जाता।

[कृपलानी मेज़ पर रखी घण्टी बजाता है। चपरासी आता है]

चपरासी : जी साहब !

कृपलानी : मारिया को बुलाना।

चपरासी : अच्छा साहब ! (चला जाता है)

कृपलानी : मैं देख लेता हूं।

शामलदास : थैंक यू।

[मारिया अन्दर आकर कृपलानी की मेज़ के पास खड़ी हो जाती है।

मारिया : येस सर !

कृपलानी : मारिया! मिरांजा कम्पनी को कांट्रेक्ट दिया था। उसकी आफिस कापी तुम्हारे पास होगी ?

मारिया : जी—(शामलदास को देखकर) जी नहीं।

कृपलानी : क्या मतलब ?—आफिस कापी तो तुम्हारी फाइल में होती है।

मारिया : जी हां ! लेकिन गलती से वह कापी भी हमीद साहब के फाइल में चली गई।

कृपलानी : आल राइट ! यू कैन गो नाउ।

[मारिया चली जाती है]

अब तो कल हो सकता है मिस्टर शामलदास ! आप ऐसा करें—(उठकर) एक मामूली कागज़ पर किसीको अथॉर्टी दे दें, काफी है।

शामलदास : (उठकर) थैंक यू, थैंक यू मिस्टर कृपलानी !

कृपलानी : इट्स आल राइट !

[दोनों केबिन से चले जाते हैं]

आफिस

[मारिया अपनी मेज़ पर आकर फाइलों को उलट-पुलटकर कांट्रेक्ट की कापी तलाश कर रही है। कृपलानी और शामलदास केबिन से निकलते हैं। कृपलानी चला जाता है। शामलदास मारिया की तरफ विजयी नज़रों से देखता है और आफिस के एक कोने की तरफ जाता है जहां सदानन्द बैठा है। सदानन्द शामलदास को कांट्रेक्ट की कापी देता है। शामलदास और सदानन्द हंसते हैं। मारिया हंसी सुनकर उनको देखती है। शामलदास सदानन्द को रुपये देता है। दोनों चले जाते हैं। मारिया मिनी बैग उठाती है और रुआंसी-सी गम्भीर मुद्रा में धीरे-धीरे चली जाती है]

43

घर (बैठक) : *रात*

[हमीद बैठक में परेशान-सा बैठा शामलदास का बेचैनी से इन्तज़ार कर रहा है। सलमा चाय लेकर आती है]

सलमा : चाय की प्याली।

हमीद : मैं कुछ नहीं पिऊंगा।

सलमा : हाय, दिन-भर के थके आए हो !

हमीद : (डांटकर) कहा न, मैं कुछ नहीं पीऊंगा।

[सलमा सहमकर वापस चली जाती है]

[सलमा बेडरूम से देखती है कि हमीद कभी खिड़की के पास जाता है, कभी बैठता है। उसे इस कद्र हैरान-परेशान देखकर वह फलों की प्लेट और चाकू लेकर आती है। हमीद उसे देखकर और भी क्रोधित हो जाता है]

हमीद : (गुस्से से) तुम्हें खाने की पड़ी है—जानती हो, क्या हुआ है और क्या होने जा रहा है ?

सलमा : नहीं। पर मर्द जब घर आए, पिए न खाए, तो जानते हो, हमारी क्या हालत होती है ?

हमीद : (प्लेट फेंकते हुए) होती रहे !

[सलमा बेडरूम में चली जाती है। हमीद कुर्सी पर सर को हाथों से थामे बैठा है।—घड़ी में सवा नौ बज चुके हैं, मगर अभी तक शामलदास नहीं आया। हमीद की उलझन बढ़ती जाती है। वह कभी खिड़की के पास जाकर बाहर देखता है, कभी कमरे में टहलता है। हमीद अधछते की सीढ़ी पर आकर सर मारता है। उसकी यह हालत देखकर सलमा परेशान हो जाती है और बैठक में उसके पास आती है]

सलमा : नहीं, नहीं: "मुझे ऐसी मौत मत मारो, मैं तो पहले ही से मरी हूं।

हमीद : (उसे ढकेल देता है। वह ज़मीन में ज़ोर से गिरती है) अभी कहां मरी हो तुम!

[हमीद उसे गिरी हुई देखता है और जेब से एक कागज़ फेंक-कर आगे बढ़ जाता है। सलमा उठकर कागज़ उठाती है। हमीद बेचैनी से टहल रहा है]

बेडरूम

[सलमा कागज़ लेकर बेडरूम में जाकर पढ़ती है :

हमीद,

सुगरा कहीं चली गई। उसका कुछ पता नहीं—और अब मेरा भी!

सलमा की आंखों के सामने उसके मैके का घर लुटा हुआ घूम जाता है। अन्दर बैठक से हमीद की आवाज़ें आ रही हैं—

"बुज़दिल हैं हम, जो चोरी नहीं कर सकते, डाका नहीं डाल सकते। और बड़े-बड़े नाम रख दिए—नेकी, ईमानदारी, शराफत! (ज़ोर से मेज़ पर घूसा मारने की आवाज़ आती है)—बुज़दिल हैं हम।"

[सलमा हमीद की यह हालत देखकर परेशान हो जाती है, क्योंकि अब कोई सहारा नहीं। मैका था वह भी नहीं रहा]

44

गली : रात

[पान की दुकान पर मिर्ज़ा व बनवारी खड़े हैं। मरातिब बैठा है]

मरातिब : अरे यार मिर्ज़ा! सारे जतन किए मगर...

मिर्ज़ा : (बात काटते हुए एक तरफ देखकर) अबे-बे-बे, वह देख, कौन आया?

[तीनों उधर देखते हैं। एक आदमी टैक्सी से उतरकर हमीद के घर की सीढ़ियों की तरफ जाता है]

मरातिब : अबे, यह तो वह सेठ है जो शादो के यहां आया करता था!

मिर्ज़ा : हां!

मरातिब : अरे क्या नाम है इसका?

मिर्ज़ा : अमां बृजमोहन।

मरातिब : बिरिज मोहन! ...अब शायद काम बना।

घर (बैठक) : रात

[हमीद उसी परेशानी में बैठा है कि दरवाज़े पर दस्तक होती है। वह समझता है शामलदास आ गया, मगर दरवाज़ा खोलने पर दूसरा ही निकलता है]

हमीद : आप?

बृजमोहन : हां, हां! शमशाद बेगम से कहो, सेठ बृजमोहन आए हैं भावनगर वाले।।

[सलमा दरवाज़े की ओट से सुनती है]

हमीद : जी! अब वह यहां नहीं रहती।

सेठ: कब गई?

हमीद : कोई छः-आठ महीने हो गए।

सेठः मुझे तो सिर्फ गाने सुनने का शौक है।
[सलमा सुन रही है]

"आज कहीं मातम है…" सेठ बृजभुषण (कमल कपूर) हमीद और सलमा

भावनगर से आता हूं साल में एकाध मर्तबा ही।

[बेडरूम से तम्बूरे की आवाज़ आती है। सेठ हमीद को छोड़कर बेडरूम की तरफ चला जाता है]

बेडरूम

[सलमा तम्बूरा लिए फर्श पर बैठी है। सेठ दाखिल होता है। सलमा आदाब करती है]

सलमा : तशरीफ रखिए।

सेठ : (बैठकर) आपका शुभ नाम ?

सलमा : मेरा नाम सलमा है।

सेठ : क्या बात है ?–साज़िन्दे कहां हैं आपके ?

सलमा : जी, वह आज कहीं मातम है न !

[हमीद दोनों की बातें सुन रहा है। उसकी समझ में कुछ नहीं आता कि क्या करे]

सेठ : यहीं कहा आपने ?।

सलमा : कहीं।

सेठ : ओह ! क्षमा कीजिए। मैं गलत समय पर चला आया। जबकि आप इतनी उदास हैं।

सलमा : नहीं सेठजी ! हम गरीब लोग, हमारी खुशी क्या, उदासी क्या ? हम तो˙˙˙(तम्बूरा बजाती हुई गाना शुरू करती है)

हम हैं मता-ए-कूचा-ओ-बाज़ार[1] की तरह,
उठती है हर निगाह खरीदार की तरह।
वह तो कहीं हैं और मगर दिल के आसपास,

---

1. बाजार में बिकने वाली चीज़ें

फिरती है कोई शै निगाहे-यार की तरह।

[शाहिद मियां अपनी खिड़की से गाना सुनते हैं। दुःखी होकर खुदा से दुआ मांगते हैं और रोते हुए वापस हो जाते हैं]

[हमीद ज़मीन पर पड़ा चाकू उठाता है और बेडरूम की तरफ जाता है]

'मजरूह' लिख रहे हैं वह अहले-वफा का नाम,
हम भी खड़े हुए हैं गुनहगार की तरह।

[हमीद चाकू लेकर बेडरूम में दाखिल होता है और सलमा के पीछे खड़ा हो जाता है। सेठ गाना सुनने में लीन है। मरातिब गाने की आवाज़ सुनकर ऊपर आता है और दरवाज़े के पास खड़ा हो जाता है]

हम हैं मता-ए-कूचा-ओ-बाज़ार की तरह,
उठती है हर निगाह खरीदार की तरह।

मरातिब : सुब्हान अल्लाह! सुब्हान अल्लाह! कितने पान लाऊं हुज़ूर?

[हमीद सलमा को मारने के लिए चाकू तानता है कि अचानक सलमा खड़ी हो जाती है और मरातिब को तम्बूरा फेंककर मारती है। सेठ और मरातिब हमीद के हाथ में चाकू देखकर भाग जाते हैं]

[सलमा मुड़कर हमीद की तरफ देखती है और हमीद सलमा को। सलमा रोते हुए हमीद के पैरों पर गिर जाती है। हमीद चाकू गिरा देता है और सलमा को झुककर ज़मीन से उठाता है]

सलमा :(रोते हुए) मुझे माफ कर दो। मुझे माफ कर दो।—मैं गिर गई थी।

हमीद :(रोते हुए) सलमा ! मैं भी गिर गया था।

[दोनों एक-दूसरे से लिपट जाते हैं]

हमीद :(सलमा को भींच-भींचकर) सलमा ! यह दुनिया कैसा भी रण्डी का घर सही, हम यहीं रहेंगे। लड़ेंगे, मरेंगे, लड़ेंगे, मरें···

[सलमा हमीद के हाथों से लुढ़ककर गिर जाती है]

हमीद : (उसके पास झुककर) सलमा ! सलमा !

[हमीद सलमा पर झुकता है। सलमा उसके कान में कुछ कहती है। वह समझ जाता है कि उसे गर्भ है। वह उसकी बात सुन- कर मकान की दीवारों को देखता है और फिर झुककर सलमा का पेट चूम लेता है। मोमबत्ती को देखता है। उसे एक नई रोशनी का आभास होता है]

OOO

राजेन्द्रसिंह बेदी

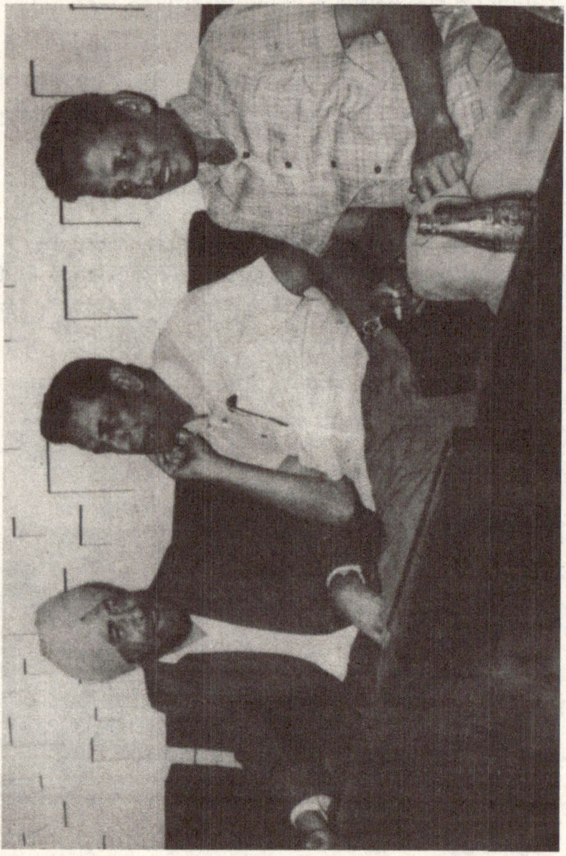